拾・半工作室

目錄 CONTENTS

人物簡介 THE NIGHT BARRIORS CHARACTERS INTRO

因能量果實被偷，樹翁的健康每況愈下，世界逐漸崩塌。為免世界末日，樹翁召集昔日因機緣巧合所認識的三俠前來協助。三俠順利尋回果實，亦因此而意外獲得果實能量。從此，三俠代替樹翁，展開拯救世界的旅程。

蜜太郎

「夜行三俠」的隊長。性格調皮趣怪，具正義感與領導才能。小時候以惡作劇作弄朋友與老師為樂。夢想成為一位出色的飛行員。

攻擊 頭腦 冷靜 勇氣 毅力 防禦

技能 SKILL

◎滑翔（自身力量）
◎分身術（果實力量）

MACTARO

動物原型

蜜袋鼯 — 因喜愛甜食、擅長飛行、擁有袋鼠般的育兒袋而命名。蜜袋鼯是樹棲和夜行動物。牠們的身體兩側有滑行膜，幫助在樹林間滑行。

貓頭鷹老師

曾為三俠的老師，與三俠關係亦師亦友，尤其與蜜太郎親近。因與三俠同為夜行動物而對牠們特別照顧。

夢夢

「夜行三俠」的智將。聰明，完美主義，有點自大。小時喜歡閱讀與學習卻不懂活用知識。夢想成為一位具影響力的男演員。

攻擊 頭腦 冷靜 勇氣 殺力 防禦

技能 SKILL

◎無所不知 + 出色的演技（自身力量）
◎易容與模仿（能變成任何動物的模樣與模仿牠們的招式）（果實力量）

MONGMONG

矇眼貂 — 又名地中海雪貂。因眼睛旁常有一片黑色，形狀像眼罩的毛而命名。矇眼貂是夜行動物，牠們主要在黎明及黃昏時間活動。

小紅女

「夜行三俠」的力量擔當。務實可靠，有愛心，熱愛園藝。情緒失控會「暴走」變身。夢想擁有一個屬於自己的花園。

攻擊 頭腦 冷靜 勇氣 殺力 防禦

技能 SKILL

◎體型 + 力量變大（自身力量）
◎讀寫植物語言（果實力量）

SIUHUNGLUI

動物原型

紅白鼯鼠 — 體形像松鼠，因毛髮為紅色和白色而命名。紅白鼯鼠是樹棲和夜行動物。牠們的身體兩側有滑行膜，幫助在樹林間滑行。

HAPPY
THDAY

10/9
夢夢生日
THE NIGHT 3ARRIOR

英雄篇

時間小偷

【時間小偷】

【上回提要】

三俠在首次任務中順利淨化了熊人的邪惡種子，協助熊人找回初衷；隨後又淨化了小虎媽媽身上的邪惡種子，協助牠與小虎修補母子關係。為了完成淨化其餘邪惡種子的任務，三俠再次踏上牠們的冒險旅程。

在淨化了小虎一家之後，三俠與小虎一家的關係變得更加親密。小虎的媽媽為了感謝三俠，堅持讓他們常來吃飯。原來，小虎媽媽在生下小虎之前是一位很有名氣的廚師。只是後來忙於照顧家庭才退下來。三俠無法抵擋美食的誘惑，所以成了小虎家的常客。

這天晚上，三俠再次到小虎家吃飯。不同於平常，他們對眼前的美食沒有什麼興趣，而是一臉愁眉苦臉。這是可以理解的，因為距離他們淨化邪惡種子已經過去兩個星期，但是他們對剩下的種子的追蹤工作毫無進展。偵測地圖上仍然沒有任何反應。作為隊長的蜜太郎開始變得焦急和煩躁。

小虎和小虎媽媽看到三俠的狀況十分擔心。為了緩和氣氛，

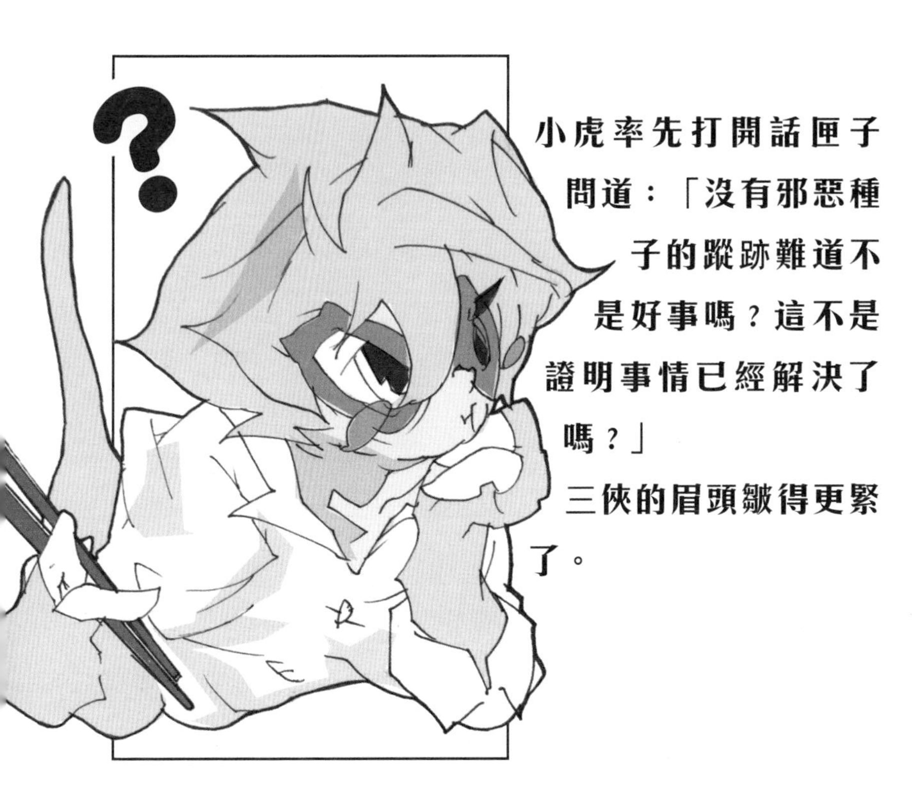

小虎率先打開話匣子問道：「沒有邪惡種子的蹤跡難道不是好事嗎？這不是證明事情已經解決了嗎？」

三俠的眉頭皺得更緊了。

夢夢說：「不是那麼容易的，到目前為止我們只淨化了兩顆邪惡種子。據我所知，雖然邪惡大軍只散播了十顆邪惡種子，但是種子的繁殖和傳染力極強。如果我們在春天之前無法淨化剩下的八顆種子，受到邪惡種子影響的動物恐怕會有成千上萬。基本上，我們正在與時間賽跑 ...」

氣氛頓時變得凝重起來。

「好了好了，現在就專心吃飯，暫時不要再想了。」小虎媽媽說道。

三俠點了點頭，拿起筷子開始用餐。

為了緩和氣氛，小虎又說：「對了，下星期就是學校一年一度的運動會！我會作為戲劇社的代表參加跳遠項目。我記得比賽也歡迎校友參與競爭。你們會想來參加嗎？」

蜜太郎正想回絕，小虎媽媽立刻附和說：「好主意呢！我下星期正好要到餐廳面試，不能去運動會為小虎打氣。你們去正好！代我為小虎加油吧！」

小紅女見蜜太郎精神緊繃，於是也開口說：「蜜太郎，我記得你當年和夢夢比賽游泳取得大勝的呀！現在不會是怕在陸地上輸給夢夢而猶豫不決吧？」

小紅女的挑釁對蜜太郎來說就像一記重擊。

【時間小偷】
誰說我怕！
好，就讓我們三個都報名參加吧！看我怎麼把你們殺個片甲不留！

時間很快來到運動會當天。三俠和小虎一早就來到場地，想要熟悉比賽環境並做好準備。

離比賽正式開始還有三個小時。早早來到場地的動物們不少，奇怪的是，除了跑道上有一個淡黃色的身影外，其他的動物都在做與運動會無關的事情，像是看影片、玩手機遊戲等。

那個淡黃色的身影是小虎的朋友豹芙。

「嗶，你怎麼這麼早就到了，不會是已經把體育場當成家了吧。」小虎逗著豹芙說。

豹芙拍了拍小虎的頭說：「我可不想被一天到晚躲在圖書館裡的書蟲這樣說呢。」

「怎樣，你這次有信心打敗大角羊嗎？我記得每一場有牠參加的比賽，你都只能屈居第二名。」小虎問道。

豹芙頓時認真起來說：「我想這次不會了。」牠小聲對自己說。

在不遠處的大角羊看到豹芙，禮貌的點了點頭打招呼，豹芙也點頭回應。

此時，夢夢背囊裡的偵測地圖發出了微弱的提示聲響。

三個小時轉眼間就過去了，運動會正式開始。小紅女自己參加了擲鐵餅項目，夢夢和蜜太郎則一同參加了 200 米短跑項目，希望能決一高下。小紅女站在擲鐵餅的起點，緊緊握著鐵餅，感受手中的重量。經過長時間對抗邪惡種子的訓練，即使沒有變身，她的力量也十分驚人。

裁判一聲令下，小紅女迅速轉動身體，用力將鐵餅往遠處投擲。鐵餅劃過空中，緩緩下墜，最終落地的位置標誌著她的成績。小紅女緊張地等待著結果，心中期待能創出新紀錄。

與此同時，夢夢和蜜太郎已經準備好參加 200 米短跑項目。賽道上除了他們兩個，還有大角羊和小虎的朋友豹芙。

他們站在起跑線上，目光交錯，充滿競爭的火花。

裁判鳴槍示意開始。四位選手同時爆發出驚人的速度。一開始，四位選手的距離非常接近，當剩下100米時，大角羊和豹芙逐漸拉開與蜜太郎和夢夢之間的距離。大角羊和豹芙似乎忘記了周圍的一切，只專注於眼前的終點線。蜜太郎和夢夢雖然稍稍落後，但並未放棄，他們努力追趕。

來到最後50米，大角羊和豹芙之間的差距越拉越近。終點線只剩下數步之遙，大角羊和豹芙拼命伸出手臂向前衝。

突然間，世界變成了一片紫色，時間彷彿停止了。沒有風，沒有聲音，只有靜止的畫面。運動場彷彿變成了一幅靜態的畫作，充滿神秘的氣氛。

跑道上，夢夢和蜜太郎被這突如其來的現象困惑住了。他們互相交換著驚訝的眼神，試圖理解發生了什麼事情。然而，無論他們如何努力，紫色的世界依然保持著沉寂。

時間突然恢復正常，紫色的煙霧消散了。接著，鳴槍聲響起，比賽正式結束。

200 米賽事的勝負已分，首先衝線的是豹芙，然後是大角羊。由於事情太突然，夢夢和蜜太郎並不清楚發生了什麼，他們停了在跑道上。

蜜太郎臉色凝重，看著夢夢說：「剛才你看到那片紫色了嗎？那是邪惡種子的痕跡，對吧？」

夢夢從口袋拿出偵測地圖看了看，然後回答道：「是的 ...」。

他們暫時放下比賽，離開了跑道，找到了剛從擲鐵餅頒獎台下來的小紅女。

在另一邊，豹芙站在頒獎台上，接受著大家的掌聲和祝福。牠終於贏了大角羊。小虎也在台下為牠歡呼。

其他參賽者和觀眾似乎並沒有受到剛剛紫色煙霧的影響，他們依然陶醉在運動會的熱鬧氛圍中，或者說他們並不知道剛才發生了什麼事情，所以沒有受到影響。

三俠帶著疑惑召開了緊急會議，有兩個問題需要釐清：

一、誰被邪惡種子附身了？

二、為什麼只有三俠知道
　　比賽期間時間停頓了？

夢夢：「剛剛時間停止時，我留意到除了我和蜜太郎，跑道前方的跑步聲並沒有停下。只是事情發生得太突然，我還來不及看是誰在繼續跑，比賽經已完結了。」

蜜太郎：「所以你懷疑被附身的人是豹芙或大角羊嗎？」

夢夢：「對，我覺得豹芙有較大的嫌疑，但暫時沒有證據。聽小虎說，豹芙之前都沒有贏過大角羊。不排除邪惡種子因看上這點而纏上牠了。」

蜜太郎：「是有這個可能，我們就往這個方向調查吧！那為什麼我們沒有被剛才的時間靜止所影響呢？難道對方知道我們的存在，故意不影響我們作挑釁嗎？」

小紅女：「我想沒有這麼複雜的。會不會跟我們體內的能量果實有關呢？」

夢夢：「我記得樹翁說過，除非是被濃度過高的邪惡煙霧襲擊，否則我們有體內的能量果實保護，不會被影響到的。」

蜜太郎：「明白，既然釐清了問題，我們就先去找豹芙聊聊吧。」

豹芙站在頒獎台上高舉獎盃，享受著初次迎來的勝利。對於豹芙這次「爆冷」打敗大角羊的賽果，校園電視台與一眾觀賽的同學大感興趣。

趁著豹芙還在台上，幾個校園小記者很快就上前開始訪問。

「你有進行秘密特訓應戰嗎？」
「豹芙同學，根據過往參賽紀錄，你從未獲冠。你覺得今次勝出的關鍵是什麼呢？」
咔嚓
咔嚓
「這次取得勝利你最想多謝的人是誰呢？」

面對一連串的問題和質疑，豹芙沒有怯場或想退場迴避，牠選擇一一為記者們解答。

豹芙拿起咪高峰向記者們說：「謝謝大家對我的關注與留意。首先我要澄清我並沒有使用任何禁藥或使用任何不當手段參加這次比賽。每次比賽前我都會努力進行練習和參加訓練，今次也不例外。我想是因為累積了歷年落敗的經驗，加上訓練日子有功所以終於迎來成果吧。我想謝謝我的教練，我的對手和我自己。沒有教練的鞭策，實力強勁的對手和我自身的努力，我是無法取得今天這個成績的。我還要為一會的 500 米比賽準備呢！我要先失陪了。」

豹芙說完，對台下微笑鞠躬然後下台，往更衣室方向去了。

看到對答如此有禮得體的豹芙，三俠懷疑牠們的調查方向錯了。根據前兩次與被邪惡種子附身的宿主對戰經驗，被附身的動物並不能好好控制他們的情緒，被問到敏感問題亦會出現紫色煙霧。

「難道真正被邪惡種子俯身的動物是大角羊而不是豹芙嗎？」蜜太郎喃喃道。

突然，天空又變了一片紫色。奇怪的是，這次的時間並沒有停止，動物們依舊沒有發現異樣般做著牠們的事情。

天空突然飄落一疊又一疊的《校園速報》。報上印着「搶眼」的標題 —「大角羊五連勝破滅，豹芙大爆冷奪冠！」

場上的動物一下子像是著了魔似的立刻就去搶，沒搶到實體版的也立刻掏出手機打開《校園速報》的專頁查看。

三俠還未了解到是什麼一回事，只知道應該是被附身的動物又開始作祟了。

蜜太郎見狀立刻穿上彈射跑鞋，往更衣室方向跑去，想要確定被附身的是否豹芙。牠向夢夢和小紅女說：「你們用地圖找找邪惡種子的位置，我先去更衣室確認後再與你們會合。」

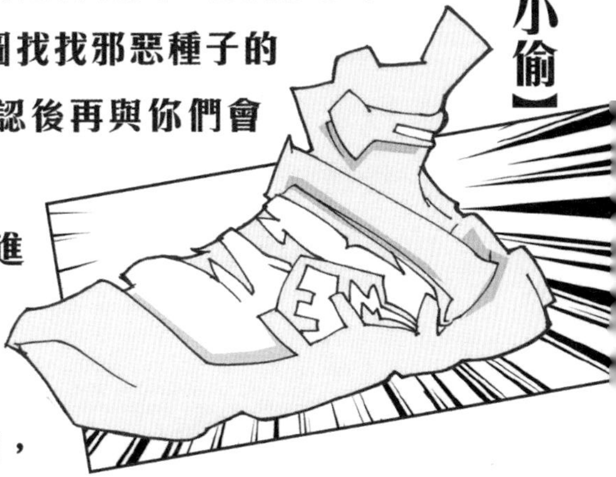

蜜太郎連跑帶跳的前進，沿路都是拿著速報和手機議論的同學和老師。來到更衣室的大門前，蜜太郎理順呼吸，敲了敲門，然後推門進去。一打開大門，蜜太郎就見豹芙正在做熱身運動。牠的額前沒有被邪惡種子附上的痕跡，周邊也沒有紫色煙霧。看來是印證了蜜太郎的推測，被邪惡種子附身的並不是豹芙。

看見蜜太郎的到來，豹芙顯然有點錯愕。「我記得你是小虎的朋友吧？你好，我是豹芙。」豹芙向蜜太郎揮揮手道。

蜜太郎有點不好意思說：「嚇到你了，十分抱歉。是的我是小虎的朋友，剛剛也有參加 200 米的賽事呢。」

「既然被附身的不是豹芙，難道是大角羊才對嗎？」蜜太郎心裡默默地想。就在牠想要道別並趕去會合夢夢和小紅女的時候，牠發現小虎的手機正響過不停，屏幕顯示的是《校園速報》的更新通知。牠好奇問豹芙：「你也有看這個《校園速報》嗎？我見外面觀衆都正在看呢。」

「嗯 ... 其實我也沒怎麼看。這個速報是上年運動會後突然出現的東西。我看學校的動物挺沉迷的，可能是大家都喜歡校園各種八卦吧。」豹芙邊想邊說。

「你知道速報的主編是誰嗎？」蜜太郎問。

「哈哈，這是個不解之謎呢。之前訓導主任也想找出牠，怎料後來牠自己也迷上看這些「八卦」就不了了之了。」豹芙笑著回答。

「那你不看嗎？」蜜太郎再問。

豹芙哈哈的又笑了兩聲說：「我平時要訓練已經用光所有時間了，哪有多餘時間管別人的「八卦」呢？」

「是呀，過去一年我每到運動場練習都總能見到牠，這個 200 米冠軍我輸得心服口服。接下來的 500 米我可要全力以赴了！」大角羊抱著浴巾在更衣室沐浴間走了出來說。

看來剛才蜜太郎與豹芙的對話都被大角羊聽到了。見大角羊反應如此平靜正面，蜜太郎知道牠也不是被附身的動物了。那到底是誰被附身了呢？

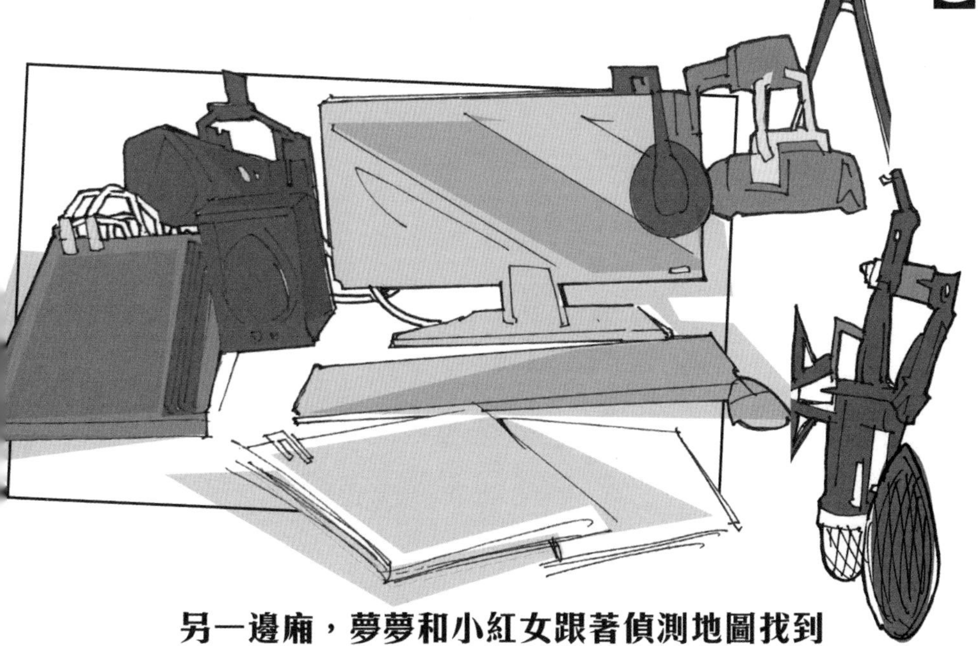

另一邊廂，夢夢和小紅女跟著偵測地圖找到了邪惡種子的蹤跡。他們來到有邪惡種子的廣播室門前有點緊張。小紅女與夢夢對視點了點頭，再敲了敲門。見沒有反應於是鼓起勇氣推門進去。

房間十分小，只有一張桌子、椅子，和一部電腦。見沒有任何動物，夢夢和小紅女認為自己搞錯了什麼。正想離開房間之際，夢夢瞥見桌上電腦有著「校園速報」的稿件，好奇心促使下牠坐下來看了看。

見到版面上都是各種嘩衆取寵，不知道是否事實的標題，夢夢嘆氣搖了搖頭道：「現在的動物都只會看這些嗎...?」

看著看著，屏幕上方突然飄來紫色的煙霧。知道是邪惡種子出現了的小紅女和夢夢立刻打醒十二分精神，環顧四周想要找出紫霧的來源。

由於煙霧實在太濃，房間又小，夢夢和小紅女開始出現呼吸困難，視線也不太清晰了。牠們想要開門疏通煙霧又發現門被鎖上。模糊間，小紅女見到房間頂有一雙圓滾滾的眼睛正凝視牠們。當牠想要靠近點看清楚之際，廣播室的門突然「砰」一聲被撞開了。那雙眼睛與煙霧亦隨之消失。

還沒搞清楚狀況的小紅女與夢夢慌忙地逃了出房間，大口大口地呼吸著新鮮的空氣。

呼呼..

呼呼..

撞開了房門的原來是蜜太郎。牠聯想到事情可能與速報有關，於是趕來了廣播室。

「剛才外面世界的時間再次停止了。你們兩個怎樣？身體還好嗎？有找到邪惡種子的下落嗎？」蜜太郎擔心地問 。夢夢與小紅女都氣喘吁吁。

夢夢稍微理順呼吸後說：「剛才廣播室出現了大量紫色煙霧，但裡面沒有被附身的動物 ...」

小紅女說：「我在迷迷糊糊間隱約見到了一雙眼睛在房頂凝視著我和夢夢 ... 但我不太肯定那是我的幻覺還是真實存在 ... 門被打開的剎那，那雙眼就消失了 ...」「偵測地圖上的訊號又消失了 ...」夢夢又說。

蜜太郎搔了搔頭，顯得十分苦惱。難得到手的線索竟然又消失了，該怎麼辦呢？牠走進空盪盪的廣播室裏，看了看，然後無奈地坐了在椅子上。

「那麼，你們剛才在這裡有找到任何《校園速報》相關的東西嗎？」蜜太郎問。

「對了！剛才有一部載有《校園速報》稿件的電腦在這裡 ...」夢夢邊答，邊走進廣播室想要指示給蜜太郎看時，發現電腦卻已經消失了。

「這樣看來，《校園速報》的主編就是被邪惡種子附身的動物了。我聽豹芙說這速報是上年運動會不久後才有的，那正是邪惡種子開始肆虐的時候。看來這次的對手不簡單呀 ...」蜜太郎說。

「根據目前的線索，我懷疑牠是利用速報吸引同學注意。在牠們閱讀內容時灌輸沒有營養的資訊予讀者，從而散播更多邪惡種子。」夢夢說。

「那怎樣解釋比賽期間的那陣停頓呢？」蜜太郎問。

「我猜測那是因為我們參與了那場受矚目的賽事，讓被邪惡種子附身的主編發現了我們三俠在現場。於是牠進行了時間停止想要攻擊我和夢夢。可能牠發現到我們不受普通紫霧影響，所以才會想到透露行蹤引你們到廣播室，再以高濃度紫霧進行攻擊 ...」夢夢說。

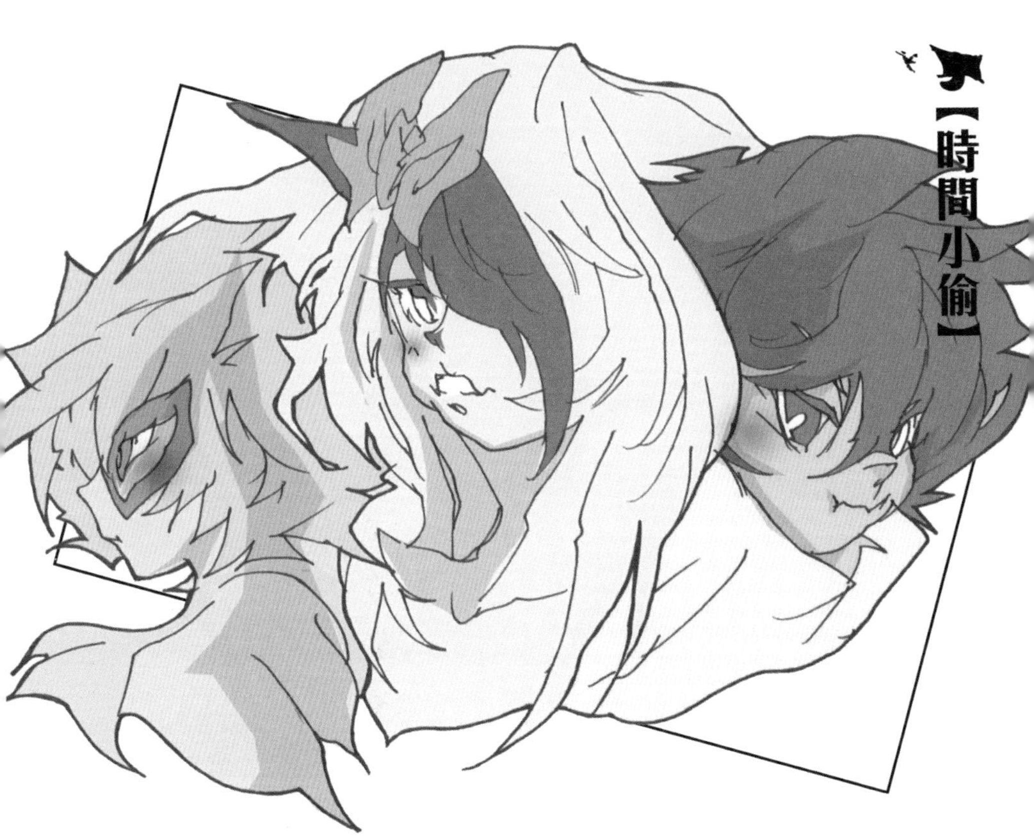

「既然這樣，我們有可能繞過追捕主編，先截斷速報的發送渠道嗎？」小紅女問。

「這是治標不治本。既然牠有邪惡種子的能力，即使被我們摧毀了渠道，牠再重建也並不是甚麼難事。」夢夢說。

「那只好從讀者方面入手了。邪惡種子的力量並不會逼使動物們看速報。像豹芙和大角羊，牠們是可以選擇不看的。在找到主編的下落前，我們向大家說明閱讀《校園速報》的問題，把傷害減至最低吧。」蜜太郎說。

　　擬定好計劃的三俠在接下來運動會裏不停向同學説明閱讀《校園速報》的問題。牠們除了進行校園廣播，向同學們親自説明以外，還嘗試説服校長與老師立刻訂立校規，全面禁止師生閱讀《校園速報》。

　　可惜的是，計劃成效似乎不大，不僅學校未能透過訂立校規禁止閱讀，《校園速報》在運動會期間的刊登次數與閱讀人數更是有增無減。同學們依舊沉迷於閱讀速報。每次速報出現都會有紫色煙霧出現，但每次三俠都找不到主編。

新一期的標題更是極具挑釁性地寫到——「離譜！舊生大鬧運動會奪閱讀權！？」內容除了主編對三俠的不滿與人生攻擊，更毫無底線地寫上了三俠的個人資料與背景，包括夢夢小時侯的孤僻自大，小紅女的情緒病史，及蜜太郎往時的「作惡」事蹟。

網上隨即對三俠的作為留言與討論不斷。不管是譴責、辱罵、還是或粗言穢語都應有盡有。這一度成為了同學們的討論話題。三俠成了運動會裏的「犯眾憎」。老師也以避免引起騷亂為由，讓三俠離開了運動場。

確實，閱讀速報與否屬於個人選擇，三俠這次的做法實在是有點超過了。

無計可施的在對抗邪惡種子以來首次陷入了困局。

「難道我們就這樣要放棄了嗎 ...」夢夢問。

空氣的寂靜令人感到更為壓抑。

突然，天空再次變成一片紫色。新一批的《校園速報》又在空中飄落了。

蜜太郎看著那疊速報甚是無奈，正打算向三俠宣布取消這次的追捕行動時，牠瞥見速報的上方有個在飛的黑影。

蜜太郎焦急地問小紅女與夢夢：「你們看到那個黑影嗎？」

小紅女與夢夢向蜜太郎指的方向望去，果然也看到了。「是我在廣播室見過的那個身影！」小紅女大叫道。「偵測地圖顯示著邪惡種子就在牠的位置！是牠沒錯了！」夢夢也說。

蜜太郎的雙眼瞬間充滿了鬥志。「我們上吧。」

三俠的手搭在一起，仰視著天空大喊到：「請大地賜予我們對抗邪惡種子的力量！讓我們淨化邪惡種子，重現世界的美好吧！」

說罷，一道白光從天空中落下，穿過三俠搭著的手，把運動場照得一片白。

蘷蘷的眼鏡、小紅女的蝴蝶結、蜜太郎的圍巾都隨著白光的照射而起了變化。白光褪下，三俠已換上戰衣，捧著對抗的武器。

藉著彈射跑鞋的能量，蜜太郎用力跳起往動物的身影飛了過去。小紅女亦立刻把身軀變大，抱著蘷蘷，往動物的方向進發。

蜜太郎越飛越近，終於看清動物的真實身份。原來被邪惡種子影響，發放速報的動物是一隻蝙蝠。

之前在運動場上未能發現蝙蝠是因為牠們位於速報的正下方，被撒來的速報遮擋了視線而看不到在速報更上方的蝙蝠。如今牠們在運動場外，沒有了視覺盲點，終於成功找到牠了。

蝙蝠被突然出現在自己眼前的蜜太郎嚇到。牠沒等三俠多說就發起了攻擊。見蝙蝠的口愈鼓愈大，然後向蜜太郎那方噴出了火焰。被擋掉的火焰隨即點燃了還在空中飄揚的《校園速報》。見此蜜太郎心生一計，立刻使出分身術引蝙蝠向自己的分身噴出火焰，避開攻擊同時借蝙蝠的火焰銷毀速報，來個一箭雙鵰。

經過蝙蝠和蜜太郎一輪你追我擋的操作下，速報很快就被燒光了。這使蝙蝠生氣極了，知自己被蜜太郎耍得團團轉的牠很快就轉移目標對陸上的小紅女與夢夢進行攻擊。幸好小紅女立刻拿起了蝴蝶盾牌擋著，否則後果不堪設想。見此蜜太郎亦趕快回到地面與小紅女和夢夢集合。小紅女設法引蝙蝠離開運動場，避免對其他動物造成傷害，於是故意對蝙蝠説起挑釁的話：「怎麼了，你只是鍵盤戰士，實戰原來這麼不濟嗎？」

夢夢也和應道：「唉，怪不得老是躲在電腦後了！」蝙蝠聽到牠們這麼説，牠更加生氣了，眼神變得更為凶狠猙獰。牠加快速度往運動場外的陸地上飛想要消滅三俠。蝙蝠邊飛邊張開口念了些似是咒語的句子，嘴前隨即出現了一團由紫色煙霧組成的球。隨著蝙蝠念的時間愈久，球的體積愈來愈大。來到5米高時，蝙蝠使勁把球朝三俠的方向射去攻擊。來不及反應的三俠逃避不及，只能用小紅女的盾牌擋掉，卻發現盾牌竟然被腐蝕了。

蝙蝠囂張的說：「哈哈哈哈，現在誰才是實戰不濟的動物呀！害怕了吧！」

小紅女看著深愛的蝴蝶結被摧毀憤怒極了，立刻就衝了上去對蝙蝠一輪暴打。

左一拳，右一拳，小紅女差點忘記自己這樣做會傷害到動物的本體。夢夢在旁多番提醒後牠才冷靜下來。面對體形弱勢，蝙蝠很快被打得暈了過去。

蝙蝠額上的邪惡種子亦除除冒出了濃煙，現出了真身。那是一個巨大無比的鍵盤。

「哼，夜行三俠，終於與你們交手了。」

鍵盤怪物開始對著三俠喃喃自語，謾罵不斷。怪物身上的鍵也開始動個不停。隨著鍵盤怪物的謾罵與身體上的鍵盤輸入，一隻隻「字」於天空上憑空冒出。一瞬間，天空上佈滿了成千上萬的「文字」。鍵盤怪悄悄的說了一聲「Enter」，天上的字瞬間像隕石般向三俠方向墜落。也不知道每一隻「字」是承載了多少重量，地都被砸成了一個個坑，湧起了灰塵。三俠左閃右避，好不容易才擋開了這些「文字攻擊」。

抓緊鍵盤怪被灰塵影響視線的空隙，夢夢拿出淨化邪惡種子的葫蘆。三俠把爪搭上葫蘆大叫：「邪惡種子快出來！捲入淨化葫蘆的漩渦中重生吧！」

就這樣，三俠又收復了一顆邪惡種子。四周的紫色煙霧與粉塵都隨即消失了。一條黑色的羽毛落在地上。三俠卸下裝備回復了日常的裝束，然後去看望蝙蝠。

此時蝙蝠已經醒過來了，牠一臉茫然看著周圍地上的坑，不知道發生了什麼事情。根據之前兩次經驗，三俠知道蝙蝠沒有在邪惡種子附身時的記憶。於是蜜太郎上前向蝙蝠講述了速報和運動會上發生的種種。

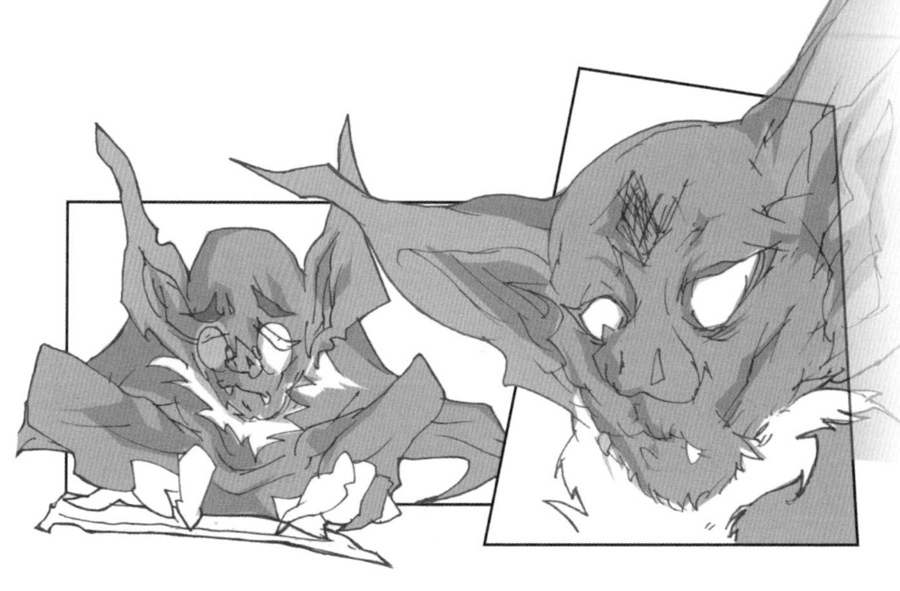

蝙蝠有點無奈，說自己比較內向，平常除了寫作外，沒什麼特別興趣的。當初牠只是為了「賺外快」，接受了神秘動物的邀請才開始擔任速報的主編。自己從來沒有見過那名動物的真身，一直都只是透過訊息與牠溝通。因為每月也會定時收到工資，就沒有深究了。至於速報內容一開始也只是寫些校園趣聞，訪問同學上學或參與比賽的趣事和心得等等。後來是怎樣被邪惡種子纏上，令內容風格大變牠也不清楚。經過此事蝙蝠決定不會再寫速報了，牠也會把網上的專頁平台關掉。

聽到蝙蝠這樣說，三俠懷疑那名神秘動物就是散播邪惡種子的主謀。牠們離真相似乎又近了一步。夢夢替蝙蝠做了個簡單的檢查，確保牠身體狀況無礙。蝙蝠向三俠道別就離開了。

三俠在運動場外，看著手裡的羽毛，思考著蝙蝠說的話，又再苦惱起來了。

離三俠不遠處，站著三俠昔日的老師 — 貓頭鷹。因老師與三俠皆為夜行動物，三俠與貓頭鷹老師的關係就特別好。

貓頭鷹老師看著三俠，一臉嚴肅。牠自言自語道：「看來你們要贏過我是需要花點時間呢！」

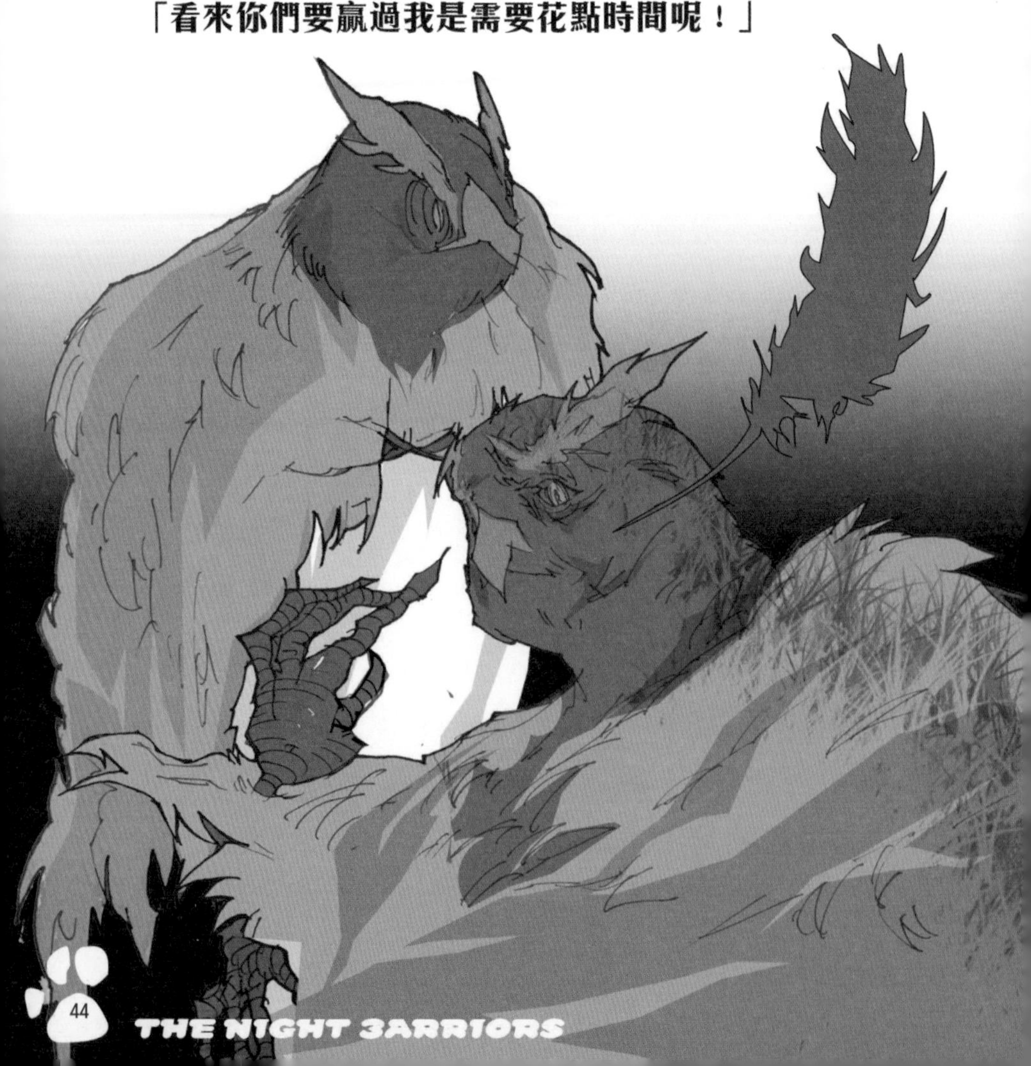

「嗶！」

此時運動場內傳來比賽完結的喇叭聲，聲音瞬間把三俠拉回現實。

五百米賽跑分出勝負了，這次的勝出動物是大角羊。豹芙則是得了第二名。

在頒獎台上，豹芙與大角羊興奮地拿著獎盃合照。豹芙笑咪咪地說：「看來我還是要繼續加把勁才能追上大角羊呀！」

大角羊也笑著說：「我也會繼續努力讓你追不上我的。」

台上與台下的動物聽到都哈哈大笑。運動會就這樣落幕了。

運動會結束後，《校園速報》的消失似乎令校園回歸了一陣子的純粹與平靜。

「叮嚀叮嚀」

這天，學校師生們的手機幾乎在同一時間收到了訊息通知。一個新的網上討論空間出現了。與舊版《校園速報》以刊登報導，讓讀者使用網上留言討論的形式不同，這個新的空間是匿名制的，不需要有主編。任何人，任何時間，只要有手機就可以在這空間發表議題或參與討論。

一夜間，論壇就佈滿了各種議題的發帖。內容真實性有待商榷，也不知道這個論壇是否與邪惡種子有關。只可以肯定的是，觀看論壇帖文或參與其中討論已經是動物們獲取資訊的重要渠道之一了。

三俠小反思．論壇
內容難分真與假？

論壇，顧名思義是一個予公眾開放討論的地方。

對香港人而言，最為人熟悉的論壇或許是播放了41年的「長青」節目——《城市論壇》。當年每逢星期日，節目都會就著議題邀請各界議員、持分者及觀眾參與討論。時代變遷下，實體論壇的存在似乎愈來愈少。隨著網絡論壇的數量增多，討論的範疇亦愈來愈廣。

作者認為，論壇對於大眾而言是個獲取資料，分析不同觀點的好渠道。論壇存在的本質為提供大眾發表意見與討論的平台空間。能否得出結論反而不是著眼點。不論是「CD-Rom」抑或是參與討論的用家，在閱讀帖文後其實都需要進行獨立思考與求證，畢竟網絡世界「龍蛇混雜」，單憑一兩帖的討論而對某事或人下定論，未免過於草率。

饕餮之徒

【饕餮之徒】

在校園的後山裡，有一群動物聚集了在一個洞穴內。牠們邊小聲議論著運動場上發生的種種，邊等待著牠們的領袖到來。動物們的臉上充滿不安與不忿。

劈啪，劈啪……

貓頭鷹領著一群烏鴉飛進了洞穴，動物們的議論聲量變得愈來愈小。

貓頭鷹飛到一個簡陋的木台上俯視著洞穴內的動物。烏鴉則排列在木台前，守護著貓頭鷹的安全。

直至洞穴內一片寂靜，貓頭鷹開始向動物講話。

「相信大家都知道今天的行動失敗了。蝙蝠你說說原因吧。」貓頭鷹嚴肅地向著蝙蝠說。

蝙蝠拖著顫抖的身體慢慢走到木台下，欲言又止。

原來蝙蝠與貓頭鷹是同一夥的。仔細一看，洞穴裏聚集的都是夜行動物，牠們以貓頭鷹為首，是邪惡分子的一員。就是他們一直在打能量果實的主意，到處散播邪惡種子。

見蝙蝠害怕得不敢說話，貓頭鷹也不再給機會了。牠激動地向著洞穴內的動物們說：「大家記住，我們的計畫只許成功，不許失敗！沒有覺悟的動物現在就給我立刻離開。只有下定決心能夠取得到能量果實，實現「永夜」的動物才有資格留下。」

說罷，見貓頭鷹的頭一撇，一群螢火蟲就憑空冒了出來。牠們把蝙蝠抬起，然後拖到牢籠裏。儘管蝙蝠拼命哀號求饒，貓頭鷹始終沒有給牠更多解釋的機會。漸漸，現場只剩下其他動物的叫囂聲了。

另一邊廂，三俠就著運動場事件討論了好一陣子。雖然還沒有得出結論，但根據前幾次與邪惡勢力對戰的線索，漸漸發現了一些背景的蛛絲馬跡。

「可以肯定的是，對手是很了解我們三個所經歷過的人物。畢竟我們的「往績」可沒有到街知巷聞的地步 ... 可以一下子把我們的事放上論壇的動物 ... 一定不簡單。」小紅女一臉憔悴地道。

「我們每次淨化一位被邪惡種子影響的動物後，現場都會留下這種羽毛。夢夢，你有辦法弄清楚這是來自甚麼動物嗎？」蜜太郎看著桌上的三條羽毛苦惱地問。

夢夢拿起羽毛看了看說：「這種羽毛肯定是屬於雀鳥的沒錯，只是牠屬於哪一種雀鳥的我並不太清楚 ... 或者我把牠送到研究所查查看吧。」

「這也好，我們離真相又近一步了。」小紅女點頭同意。

「對了，我最近在那個校園討論區上看到了這則帖子，覺得內容有點可疑 ...」夢夢把電腦轉給蜜太郎與小紅女看。

樓主置頂 #33 第 1 頁 ▼

搵食姐犯法牙我想架？
突發 - 小食部現暴食馬騮！10 分鐘消耗一箱撈麵！

#1 毒寫障礙 • 22 小時前

是咁的
今日放小息諗住去小食部食個魚蛋撈麵頂下肚餓。
本身都好好彩，俾我排到第 5 個，
諗住實食到撈麵冇死，
點知就到我時突然殺出一隻豬咁肥嘅馬騮！
本來佢肥都冇咩，但佢竟然一嘢撞開我，
再格硬擸入我前面。
前面同學一走佢就同阿姐講話想買一箱撈麵，
仲話唔使煮，就咁俾晒成箱佢都得。
小食部個阿姐見有錢賺，本身想鬧佢痴線都收返，
即刻「隊」咗最後嗰箱撈麵俾佢收錢。
我喺佢後面啱啱想開聲同佢嘈，
佢已經拎住成箱撈麵走咗去，仲要撞咗我膊頭一下。
我望到呆咗 ... 想話留返包俾我都好了 ...
咁我就嬲爆爆走去隻死馬騮到問啦
點知佢話：「憑我本事買返嚟嘅撈麵點解要讓俾你？」
仲喺我面前用立刻乾啃晒成箱麵。
然後頭也不回就走左 ...
我望住成地撈麵麵碎同包裝殘骸 ...
到小息鐘響咗我都反應唔切 ... 企咗喺到 ...

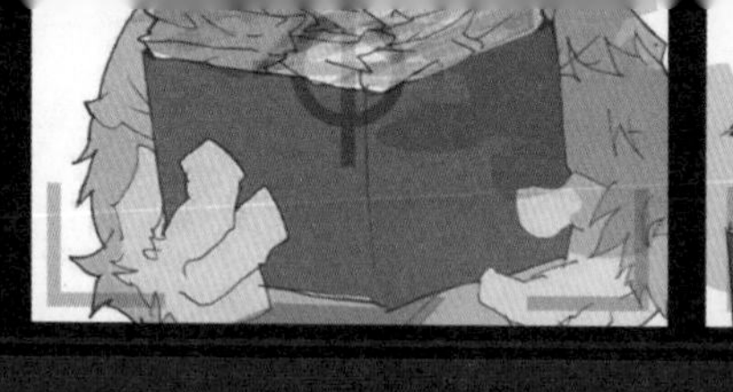

#2 我嘅訴求就係返學  ...

隻馬騮真心癲，
朝朝喺到食，
日日都由學校街頭掃到街尾，
好似唔識停咁。

#3 有早知冇乞兒  ...

隻馬騮慣犯嚟 ...Ching 太耐冇去買撈麵頂啦

#4 單身狗  ...

聽講佢係受情緒困擾先會係咁食嘢發洩，
唔知真唔真呢？

#5 職安真漢子 ...

好心就唔好俾啲痴線佬嚟學校啦 ...

「看來這位『馬騮』同學已經被邪惡種子纏上好一陣子了。從照片上可以看到牠身上若隱若現的紫色煙霧。」蜜太郎說。

「我們有必要去找這位同學再好好了解一下了。」小紅女回應道。

夢夢見牠們你一句，我一句地說著怎樣在校園淨化猴子身上邪惡種子的對策，卻忽略了一個問題。

「你們忘記了呀，我們三個現在可是學校裏不受歡迎的動物。我們出現在學校裏或附近的話，又會引起騷動，論壇又不知道多幾篇我們的帖文了。」夢夢一臉無奈地向著牠們說。

小紅女和蜜太郎聽到後才想起來在運動場發生過的事，於是又陷入了沉思。

「我不想再看見自己的名字出現在論壇上了…有什麼方法可以避免嗎？」小紅女擔憂地說。

蜜太郎和夢夢心裡明白，小紅女本來就十分在意別人對自己的看法。這種因惡意而被逼曝光於鎂光燈下的情況，，確實會令人感到很大壓力。

夢夢與蜜太郎見小紅女滿臉愁容，很是心疼。蜜太郎走到小紅女旁，拍了拍牠的肩，勉勵牠振作。

夢夢拿回電腦，看著論壇和帖子再想了想，靈機一動說：「哈哈，不用苦惱，我想到好方案了！既然我們進不了學校，就把牠引出來吧！」夢夢自信地說。

那天之後，三俠請小虎幫忙在校內打聽這位猴子同學的各種情報，包括所在班級，飲食習慣和進食頻率等。牠們邊搜集需要的資料，邊著手準備實行「獵猴」計劃！一星期後，一切終於準備就緒！牠們實行計劃的那天也到了。

「Over, Over! 目標人物剛踏出學校大門，所有動物各就各位！」小虎像個特務一樣躲在校外對面的燈柱後說。

小虎口中的目標人物自然就是「馬騮」同學了。

「馬騮」同學穿著一身運動裝，戴著口罩，背著書包，頂著一個重纍纍的「大肚腩」離開學校。原來經過小虎的調查，「馬騮」同學本來就十分喜歡食物，但牠是近半年才變成這樣的。下課後的牠，身份是個有名的網絡吃播實況主。牠在網上以「大胃王」見稱。

牠的頻道初期以分享食物，和特色餐廳為主。可能是觀看數字不夠好，牠改變了策略，以每次在餐廳大量進食為賣點，吸引了一群喜歡看動物「進食」的網民。頻道亦從最初以分享美食為主，慢慢變成了以「大胃王吃播」為賣點。因引進了這個「流量密碼」，馬騮同學的頻道愈來愈有名，成為了過「百萬訂閱」的頻道。

為了流量與出片數量，馬騮同學逼使自己成為「大胃王」。牠從每天正常進食三餐，變成六餐。每次進食時的份量更增至正常份量的 10 倍。在極端的飲食習慣下，馬騮同學的胃口如願變大，身體亦愈發肥腫。
嚐過成功的馬騮同學後來為了流量就更不擇手段，不僅在頻道上出言詆毀不願意與牠合作的餐廳，更為了製造話題，放不潔的物品在這些不合作餐廳的餐點上，營造餐廳食物有衛生疑慮的問題，害不少餐廳被調查停牌兩個月。這樣的手段令不少餐廳決定「多一事不如少一事」，默許了牠繼續不請自來以直播拍攝名義。

因影片中的牠不會顯露出樣貌，只會有一大桌食物和進食時露出下半臉的畫面，觀眾並不知道牠的真實身份。每天下課後「馬騮」同學都會到學校附近的餐廳「大吃特吃」進行拍攝。美其名是為餐廳宣傳，實際是到處欺壓餐廳「攞著數」。三俠就是看中了牠這點才想出了是次計劃。

對著目標虎視眈眈已久的小虎見牠離自己愈來愈近，就從燈柱後跳出來，以一身快餐店造型，拿著單張宣傳牠與三俠臨時開的「隱世小店」。

「隱世快餐新開張，優惠期間所有餐點買一送一，送完即止！」小虎在街上邊派單張，邊叫賣宣傳，成功引起了馬騮同學的注意。

馬騮同學聽到有優惠即露出笑容，興致勃勃走了上前拿起宣傳單張問小虎：「餐廳在那裡？現在去也有優惠嗎？」

小虎知道目標上當了，牠悄悄打開對講機通知三俠準備，再興奮地跟馬騮說：「有優惠的！讓我來為你帶路吧，這邊請！」

小虎帶著馬騮同學走進旁邊的小巷，穿過一堆又一堆的紙箱，來到快餐店的入口。

快餐店門掛有一度簾，簾間飄出陣陣漢堡扒與芝士的焦香。還未進門，香氣已令人食指大動。簾上又用鮮豔的紅色印了一個肉汁豐富的漢堡包。馬騮同學聞著食物的香味深深吸了一口氣，表情很是滿意。牠撥開門簾，各式各樣的漢堡餐點模型即映入眼簾。快餐店內坐無虛席，十分熱鬧。見餐牌上方顯示著買一送一的優惠名額只剩 5 名，急不及待要嘗鮮的馬騮同學立刻就用牠圓滾滾的身軀擠開其他正在排隊的客人。不到一會，牠經已來到身穿制服的夢夢前下單。

為了利用優惠進行直播，馬騮同學點了 30 個漢堡包套餐。套餐除了漢堡包還包括了薯條和汽水。牠另外又點了 10 份炸雞和 10 杯雪杯。在買一送一優惠下，馬騮同學將會收到超過 200 件餐點！

夢夢很快把餐點輸入到點餐機中。機器隨著餐點數量增多，收據亦變得愈來愈長。

馬騮同學接過收據看了看，輕笑一聲後說：「你們新店開張也想好好宣傳吧！我幫你們宣傳，這張單就免了吧。」馬騮同學掏出手機，翻開直播頻道的訂閱數給夢夢看。

「原來是鼎鼎大名的「大胃王」大駕光臨呀！免單當然沒問題！你先找個位置吧，我們會有專人送餐給你。」夢夢以商業化的笑容笑著說。

馬騮同學環視四周，找到一張已坐滿六位食客的大桌想要坐下。儘管那些食客經已開始大快朵頤，牠毫不客氣搶過食客手裡的漢堡扔到旁邊的小桌子上，又將該名食客的其他餐點拋到隔壁桌然後說：「我要在這裡直播，你們讓開吧。」

那種口吻態度，如果是普通食客，早已被氣得牙癢癢想要起來反抗了。但這六位食客卻沒有任何反應，只是默默走到旁邊的桌子上坐下繼續進食。

馬騮同學不以為意，自顧自的準備直播的用具。牠認真準備與閱讀餐牌的模樣令蜜太郎有些意外。感覺在牠心底裏還是熱愛著與人分享美食的。

「你點的餐準備好了。」小紅女一身廚師打扮來到馬騮同學桌前，把一座漢堡炸雞山丘放到桌上。

不到一會，桌上就擠滿了餐點和預備直播的工具。新鮮做起的食物油香令人食慾大增。縱使馬騮同學早已垂涎三尺，牠依然拼命忍了下來。一切準備就緒，等時間來到五點，就開始直播了。

「大家好！歡迎收看大胃直播室。今日來到這間新開張的漢堡店試試……」馬騮同學一邊認真地介紹餐廳，一邊享受地進食著眼前的美食。有那麼一瞬間，小紅女覺得牠也不是那麼討厭。

很快，桌上大部分的食物都消失了。餐桌上的食物被清掉一半後馬騮同學的進食速度明顯減慢了不少。此時的牠肚子比平時脹了一倍有多，說明牠經已吃飽喝足。看到餐桌上仍有一半的山丘沒有被吃完，觀眾開始有點不滿了。

很快，直播就充斥著謾罵馬騮同學的留言。

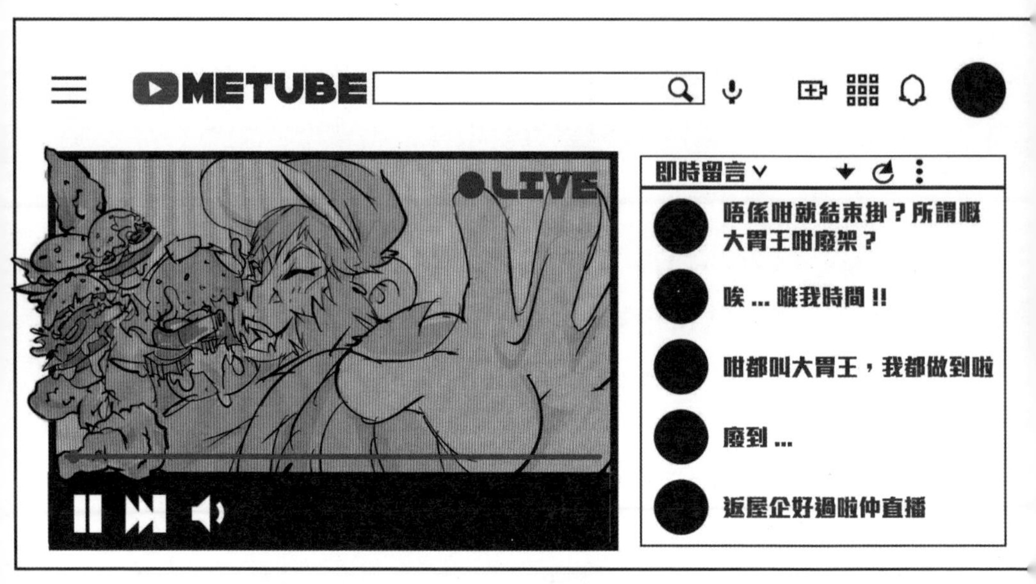

看著直播間充滿惡意的留言，馬騮同學強忍著不滿與怒氣，努力擠出商業化的微笑說：「怎麼會現在就停，我肯定是能把這些都吃光喇！」

說罷，牠就硬著頭皮把桌上的食物往嘴裏猛塞。紫色煙霧開始從牠的頭上緩緩飄出。

三俠見狀決定把握機會，又上了新一輪的食物。小紅女捧著一盤漢堡包，一盤薯條就往桌上倒。她對馬騮同學說：「為答謝你對本店的支持，我們再送你30個漢堡包及30包薯條！」

就這樣，本已消失掉一半的山丘在剎那間就復原了。

原來三俠是看準馬騮同學在直播期間要顧及大胃王形象，想要逼使馬騮同學吃到極限，露出邪惡種子的原型。直播的空間與留言其實是蜜太郎在背後操縱的，這個直播根本沒有連接到真正的網絡世界。

果不其然，馬騮同學為了形象和面子，只可以繼續進食。牠一度想要停止休息，直播間上的留言卻令牠卻步。

與剛開始直播時不同，馬騮同學的臉上絲毫沒有享受美食的幸福感。牠一臉痛苦，臉上滴著豆子般大的汗珠，苦不堪言。此時的餐廳已是瀰漫一片紫。

馬騮同學終究是忍受不了，食物想要從胃湧出的噁心感，牠離開坐位，衝去離鏡頭不遠的衛生間，拿起地拖桶就不停嘔吐。看著桶內的食物殘渣，伴隨著肚裡的上下翻騰，馬騮同學只感覺到前所未有的痛苦。隨著嘔吐，灼熱的胃酸經過喉嚨更是使牠痛不欲生。

霹啪!!

體力透支的馬騮同學應聲暈倒在地，失去了意識。如三俠所望，邪惡種子被逼出來了。一縷縷紫煙從馬騮同學頭上飄出，很快就集成一個大大的紫球，紫球又慢慢變形，變成一個巨大無比的鐵鍋！牠左手拿著鑊鏟，右手拿著鍋蓋像個專業的廚師。「夜行三俠？總算到我跟你們交手了，你們就乖乖交出果實，避免作無謂的掙扎吧！」鐵鍋囂張地說。

三俠見狀亦不敢怠慢，牠們的手搭在一起，仰視著天空大喊到：「請大地賜予我們對抗邪惡種子的力量！讓我們淨化邪惡種子，重現世界的美好吧！」

說罷，一道白光從天空中落下，穿過三俠搭著的手，夢夢的眼鏡、小紅女的蝴蝶結、蜜太郎的圍巾都隨著白光的照射而起了變化。白光褪下，三俠已換上戰衣，捧著對抗的武器。

大鐵鍋首先發動攻擊。牠一下跳躍，躺在三俠後方。牠用右手手的鑊鏟把三俠「兜」到身上，再用左手把鍋蓋闔上。把三俠困在起後，鐵鍋不停自轉。三俠在鍋內被轉得頭昏腦脹，無法反擊。

把三俠丟出來後，鐵鍋很快又瓦解成一個紫球，再眨眼，它已變成了一個食物焚化爐。

焚化爐向三俠步步逼近，噴出火舌想要把牠們捲入火爐中。就在火舌快要碰到三俠之際，小紅女變身舉起了蝴蝶盾牌，抵禦了這波攻擊。蜜太郎也立刻使出分身術配合彈射跑鞋，從餐廳廚房及衛生間裏收集水，把水潑向焚化爐，撲熄焚化爐的火焰。

【饕餮之徒】

被撲熄的焚化爐瞬間又化作一團紫色球，變成了一個巨大的吸塵機。就像隻飢渴的野獸，吸塵機貪婪地肆意吸食周邊的物品。牠朝著三俠窮追猛打，三俠就邊跑邊躲。看穿了對手的套路，夢夢向蜜太郎和小紅女大喊道：「牠的體型太大了！我們再打敗牠一次，趁著牠變成紫球時用淨化葫蘆收服牠！」

三俠拿起餐廳裏的餐桌與椅子不停往吸塵機的吸口丟。吸塵機的機身亦由最初的平坦變成一個渾圓的球。很快吸塵機的前進速度愈來愈慢，夢夢就近時機奮身往吸塵機身上一跳，吸塵機袋就爆炸了！

「是機會了！」

夢夢拿出淨化葫蘆，就在吸塵機瓦解變成紫色球的那刻，三俠把手搭在葫蘆上，向葫蘆灌輸力量，葫蘆隨即變大，三俠大叫：「邪惡種子快出來！捲入淨化葫蘆的漩渦中重生吧！」紫色球體就應聲被吸進葫蘆。

「咔嚓」變回原始大小的葫蘆發出提示聲，說明邪惡種子已被淨化好了。所有紫霧都消散了，又一條黑色的羽毛落在地上。

小紅女從衛生間抱起馬騮同學，安置牠在椅子上。牠細心地用毛巾擦了擦馬騮同學額頭上的汗，又清理了牠嘴邊的食物殘渣。「我想我能理解牠所承受的掙扎與心理壓力呢 ...」小紅女向著馬騮同學說。

「我們還是首次遇上這種會「變來變去」的對手 ... 是因為馬騮同學內心的掙扎嗎？」蜜太郎說。「希望牠能慢慢找回熱愛分享美食的初心，我看過牠以前的分享，那時候的牠，看起來比現在開心多了。」夢夢說。

就在三俠討論著下一步行動時，馬騮同學慢慢睜開眼睛。牠首先看到了坐在眼前的小紅女，又看到了周圍的一片狼藉，一臉茫然。
三俠跟馬騮同學解釋發生了的事情。

　　小紅女跟馬騮同學説：「我曾經也跟你一樣，太在意別人的想法而失去了初心。希望你以後還是要忠於自己，與觀眾分享所喜歡的食物，不要盲目迎合觀眾。所謂勉強沒幸福呢！」馬騮同學點了點頭，若有所思。

　　牠又看了看周圍，然後瞥到了餐廳的菜單。牠雙眼發光，咽了一下口水，又搓了搓發出咕嚕聲的肚子然後小心翼翼地問：「謝謝你們...我想問...你們還有漢堡嗎？...我有點肚餓了...」。三俠聽了後「噗」一聲的笑了出來。現場氣氛一下子輕鬆了不少。

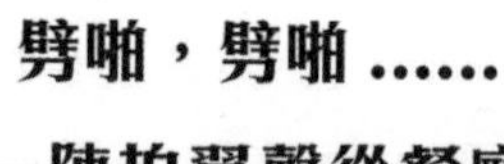

劈啪，劈啪......

一陣拍翼聲從餐廳外竄過，蜜太郎聞聲出餐廳找尋來源。

牠往上一看，看到一個熟悉的身影停在圍欄上。刺眼的陽光令牠視線有點模糊。牠擋著太陽想要看清對方的臉，一條黑色的羽毛則隨著話音在半空中飄下，落到蜜太郎眼前。

「你長大了不少呀！蜜太郎，永續黑夜的夢和殲滅那群「晝賊」的目標你沒忘記吧？裝夠英雄就好回來了。」聽到對方聲音的一瞬間，所有謎團都解開了。

「原來是您呀...」蜜太郎自言自語道。牠默默撿起了那根羽毛，把它緊握在拳頭中說。想起過去幾個月所見到的蛛絲馬跡，蜜太郎「嘖」的笑了聲。

【饕餮之徒】
哈哈…
哈哈哈哈哈哈……
哈哈…
貓頭鷹大笑後拍翼而去，
留下蜜太郎在原地。
一絲紫光在蜜太郎眼中閃過。
此刻的蜜太郎一臉生無可戀。牠撿起石頭，在餐廳門上做了個記號然後憤然跳上圍欄，向後山的方向前去。
TO BE CONTINUED

小學篇

夜行俠
NIGHT HERO
THE NIGHT 3ARRIORS
2
小學篇

開學

嘎嘎嘎…
抓亂

點算呀！
唔得啦！

今日
31/8
明日
1/9
開學！

《射雕英雄傳》當中有種武功叫做「左右互搏」之術，想練成這種武功，大家可以試試同時間左手畫正方形，右手畫圓形。
畫
畫
畫
老師!!
到底有甚麼竅門
才可以畫到呢？
你必須要心無雜念，心中太多想法反而一件事也做不來的。

蜜太郎果然成功了，用了十五秒就畫到兩個同學出來。大家都忘了，蜜太郎之前已經有練習左右手同時寫字的經歷。

愚人節

畫 DUCKJAI
故事 逍遙

HAHA
HA
愚人節快樂
山羊老師
好！
我們就來⋯⋯
盡興一下

校園日報
【校園競選】校花校草投票結果!!!!
校園專訪
羊老師
【校園記者】狸貓子
羊老師第5年
的教學感想

該年的校園日報有一欄目訪問了羊老師第五年教學的感想，他憶述了這次經歷並說：「他們全班一起裝扮成蜜太郎，想一起捉弄我又願意一起受罰，其實很有義氣。」

蜜太郎 你看看今天的新聞。
近日鼠疫嚴重。由於老鼠可以傳播疾病，請大家保持家居衛生。
若發現老鼠，請即遠離。
老鼠可以傳播漢他病毒、鼠疫，都是致命的——
大件事啦!!!! 好大隻老鼠啊——!!!
喘
喘

剛剛老鼠掉進陷阱，出不來了。現在怎麼辦？
紅
蜜
跟老師說吧！

我守在這裏，你們快去找老師！
好！

蜜太郎，別怕！老師來了！
靜…
不如我們打開蓋看看？
你真是屢勸不改！

明察秋毫

哦……好厲害啊。
請問你的修行就是掩眼法和支架嗎？
你是怎樣發現的？我可是研究了好幾天的！
不難猜啊，你一直偷偷摸摸整理袈裟，裏面一定有貓膩。

是日視藝課，蜜太郎差不多畫好了一幅風景畫。
Draw out of the paper
顏料不夠用時他便跑了出去借。
沒想到這時畫作飄起並貼了在窗上。
拿開紙張，顏料全印在窗上，貓頭鷹老師看到後評論說：「想不到這意外地有一種教堂彩色窗戶的美。不錯！」

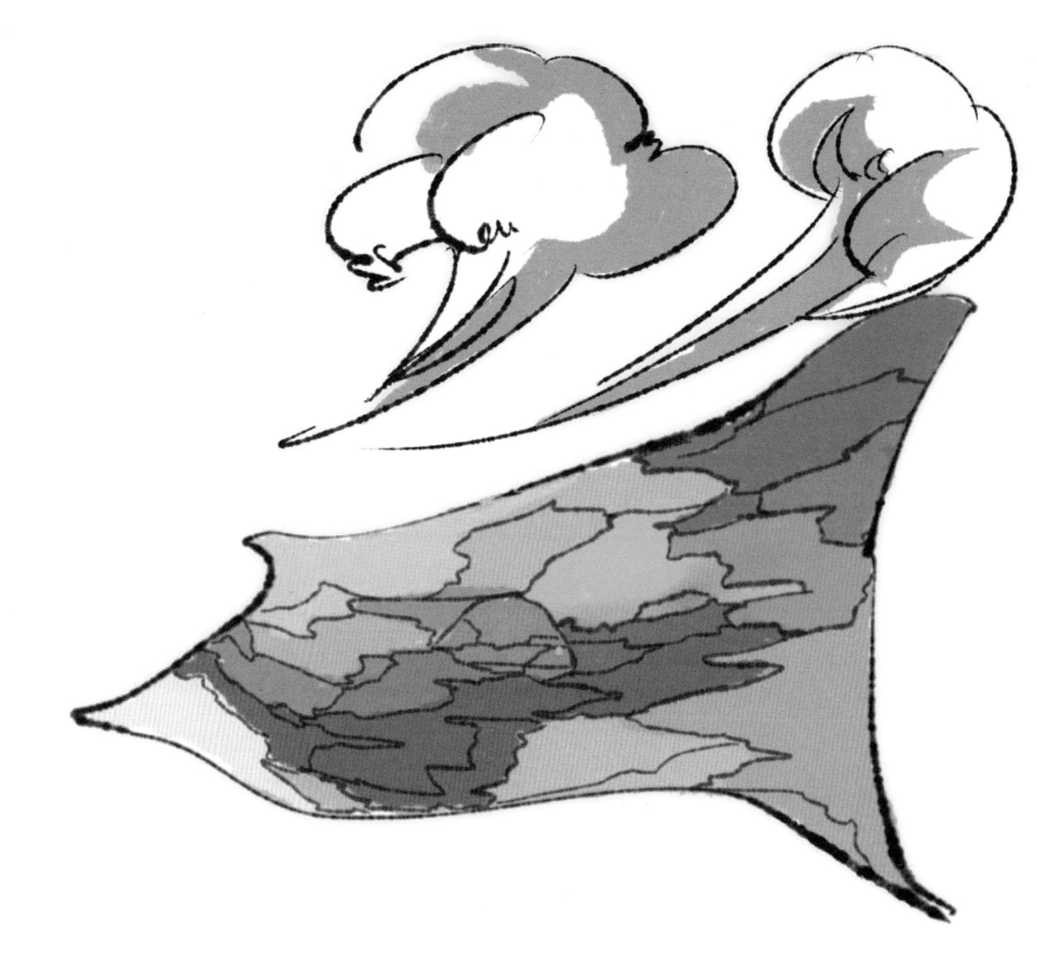

Draw out of the paper

我們班的大姐姐——小紅女

大家冷靜呀！
哇啊啊啊啊啊啊啊啊啊
聞
聞
成功被引過去了！

終於成功趕走大黃蜂了...
有救啦！！
還以為今次要小紅女你
變身才能擺平危機呢！
蜜蜂是我們的好朋友，怎
可以這麼惡對他們呢？
關
給牠一朵花牠就很滿足了。

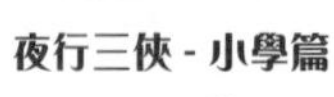

夜行三龍

各位同學
下星期是農曆新年慶典
大家可以穿上跟農曆新年有關的服飾！
2024 二月
10
星期六 SAT
正月初一
慶典當天

蜜太郎真有創意，用自己的翼膜扮翼龍。

謝謝讚賞喔小紅女
哇——
好帥喔！
可是實話實說
根本就不該學我扮西方龍！
你的翅膀大到不合比例，看起來好奇怪。
根本沒人問你意見吧？
!
現在變大了反而剛剛好——
想不到小紅女連被惹怒這點也計算到。這樣看來，蜜太郎還略遜一籌呢！

健美比賽

跑步只是熱身，
來舉啞鈴吧！
好啊。
小紅女完勝。
第二回合
最終回合
我要贏！
咔！
咦！
斷
裂
蜜太郎勝出！
嗚……
計算風速
視察環境
我可是從一星期前就已經開始為今天準備！

能讓我好好過復活節嗎？

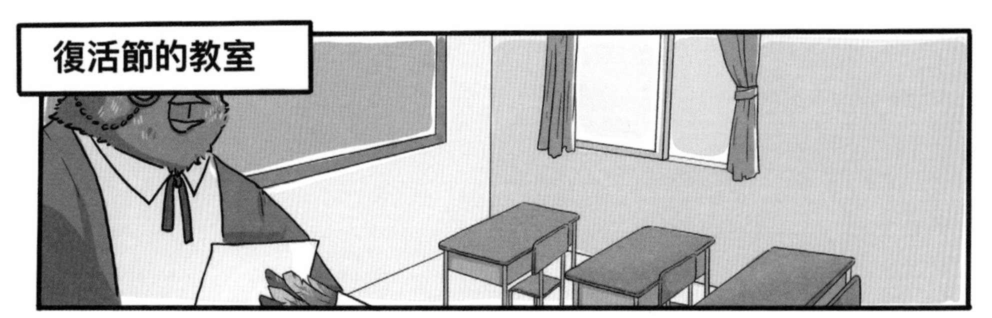
復活節的教室

復活節還要補課，合理嗎？
老師為我們補課，已經好好啦！
放假就讓我睡到自然醒好嗎？

因為你們追不上教學進度，才害我要為你們補課！
我的假期──

成長篇

貓頭鷹的叛逆　圖：湘蕎　|文：逍遙

忍辱負重的英雄　圖：Anna　|文：恆蟬

影畫大比拼　圖：Duckjai　|文：逍遙

捕蠅草之吃的美學　圖：希桃　|文：逍遙

夜行俠
NIGHT HERO
THE NIGHT 3ARRIORS
2

成長篇

貓頭鷹畫畫故事

圖：湘蕎
文：逍遙

貓頭鷹老師修讀大學時便開始喜愛畫畫。夜晚上課時他偶爾會看看月亮讓自己休息，於是新的靈感誕生了。他畫了一輛校巴，校巴裡沒有坐著乘客，只載著一個月球，司機不知道要把月球運送到哪裡，或許是學校吧。

他的畫就是如此天馬行空，鄰座同學們上課悶了都忍不住看他畫畫，大多對牠的畫作讚嘆不已。或許因為大家都是夜間動物，對夜間生活相關的畫作大都能有共鳴。

貓頭鷹漸漸找到自己的風格，上課時他看過梵高的畫，《星夜》裡那些令人暈眩的筆法讓他更肯定夜晚的美。他認定了自己的畫作需要充分描繪甚至放大這種美。

他的老師偶然看到他的畫作，於是贈給他一句話：

「想像力比知識更重要，知識是有限的，*想像力*卻可以囊括整個世界。」——愛因斯坦貓頭鷹得到老師的鼓勵後更有動力畫下去，建立自己的夜間作品集。他透過老師得知有一個畫畫比賽，相信是累積經驗甚至是進入畫畫界的好機會。他也想有專業人士評論一下他的畫作，讓他有方向改善自己，決定先以較寫實，較易入口的作品投稿，簡單地畫了在學校天台看出去的夜景：一些高樓大廈部份窗是亮著的，就像樹上某些螢火蟲亮著，某些在歇息。

完成作品之後，畫畫老師給了他專業的意見，老師提議的改動可謂畫龍點睛。他改好了作品，讓老師再看一次，就投稿了。

然而，他似乎是唯一一位夜行的小畫家，他在投稿箱看到很多其他畫作，有不少是晝行動物的作品。他們畫的作品滿是陽光，百花在陽光下比夜晚的花美得多了。這也是為甚麼貓頭鷹從來沒有畫花。而且，在日間活動的動物好像都比夜行動物活躍多了。是的，貓頭鷹實際上不知道晝行動物會做甚麼，但單憑他們畫作用的顏色和主題，似乎能推測日間的生活快樂得多。畫夜晚的畫用的色調都是冷色調，怎也取代不了日間的和暖。

不幸的是，原來畫畫比賽的評判也是日間的動物。畫早上的畫作在龍爭虎鬥，反而明明很優秀的學校天台夜景留不住評判的目光。貓頭鷹參賽前心想，既然是晝行動物當評判，那麼作品主題對他們而言會是新鮮的，還有勝出的機會。可是，他的如意算盤打不響，晝行動物不會明白學習了一整天後，貓頭鷹看到夜景後身心舒暢的感覺。或許真的只有夜行動物才會明白他的畫作。

後來結果公佈了，得獎者全是晝行動物，畫作大都陽光明媚，主題從大自然到校園生活無所不及，評語大都重視畫作有否給人溫暖的感覺，難怪貓頭鷹落敗。然而，貓頭鷹覺得他只是敗在主題，不是敗在技巧。他後來收到評語：「畫作描繪的夜景雖然美麗，但氣氛略嫌陰暗，不像畫日間生活的作品一樣給人溫暖和動力，作者可在作品的感染力下多一點功夫。」

他曾有不解，為甚麼自己是貓頭鷹，為甚麼天性就要在夜間守護果實，在夜間讀書，就連畫作也受制於夜晚？他曾想熬夜到上午，想窺探一下日間生活。聽到了雞鳴，不久以後睡意襲來，日間便與他擦身而過。命運好像決定了他不能畫日間生活，不能在畫畫比賽中脫穎而出。他或許沒有氣餒，但也有了一種心結。

吱吱吱！

忍辱負重的英雄

圖：Anna
文：恆蟬

「在萬物流量流之中，地球生成了有一些種子一直吸收著日月精華，成為了能量果實，無分善惡，能為大家帶來不同超能力。獲得能力的時間與能量果實質成正比，甚至有一些能量果實能帶來永久超能力。」貓頭鷹正在翻閱祖傳下來的書籍，了解著自己家族一直以來的使命。

當貓頭鷹正在專心閱讀著書藉，而窗外隱約的吵鬧聲，其他日間動物在森林內玩耍。而貓頭鷹房間內陰暗，儼如一間廢棄房間似的吵鬧聲。窗外的襯托著房間異常安靜，彷彿只有自己朗讀的聲音。貓頭鷹一直期待著有一天能夠與其他動物玩耍，甚至只是聊天而已。但是家族使命儼如枷鎖把牠鎖死於屋內。

「唉呀 .... 唉呀 ....」

一把聲音打斷貓頭鷹的讀書氣氛，於是探頭於窗外看看，看見浣熊伯伯擔著兩個大水桶，艱辛地一步又一步走著，希望一滴水都不溢出來。眾人看見浣熊那麼辛苦，於是關心一問：「浣熊伯伯，為什麼你要擔著兩個大水桶？」

「唉呀，最近乾旱，水源比較緊張，迫於無奈我們要到半個時辰路程的河裏取水，但十分辛苦。」浣熊伯伯喘著氣說。

貓頭鷹在屋裏聽到這番話，於是一直在祖傳書籍裏尋找方法，發現土裏有一些自來水源，一旦發現便能獲得大量水供應。在晚上，貓頭鷹使用能量果實，在短暫時間裏獲得透視能力，於是在樹林裏透視著泥土裏有沒有自來水源，然後使用挖地能量果實，獲得挖地能力，向著地下水挖，最後再堆好磚頭，形成水井。建好水井後，貓頭鷹已經筋疲力盡，回到家後就倒頭大睡。

翌日，眾人發現新水井，好奇地研究著。「看來這個水井看來可以帶來不少水源。」眾人讚嘆著。

此時地鼠恰好經過。「謝謝你啊地鼠，看來你昨晚沒睡就是為大家挖出這個水井」眾人對著地鼠說。

「不是我建造的，是哪位建造呢啊？」地鼠搖著頭說。

「是我通宵建造喔！」貓頭鷹笑著說，準備聽眾人對牠的稱讚。

「不要胡亂說話，怎麼可能是你呢？你根本不懂挖地。地鼠叔叔挖地數十年，對挖地技術瞭如指掌，怎可能不是牠呢？」眾人漫罵著貓頭鷹。

「但真不是我喔！」地鼠強調著。

「儘管不是地鼠叔叔，更不可能是你，貓頭鷹。」眾人鄙視著貓頭鷹。

看見大家都不相信自己，貓頭鷹沒有再爭論下去，鬱悶地回到屋裏。

回到家後，貓頭鷹發現電腦中的森林討論區有一個新帖子名為「冒認森林大英雄的騙子」，貓頭鷹查閱這帖子，發現帖子罵的騙子正正就是自己。有不少動物罵貓頭鷹，例如「大騙子的夜遊動物」、「不會挖井的大英雄」等等……貓頭鷹看見後，心裏十分氣憤，便立即回覆澄清，但是批評貓頭鷹的回覆太多了，自己的澄清已經被淹沒了。貓頭鷹嘗試再三澄清，但都被淹沒了，沒有人看見貓頭鷹的澄清。

為什麼大家不相信我，明明地鼠叔叔都否認並不是牠做的。貓頭鷹心煩著，想著這個問題，當牠生著悶氣，松鼠走進屋跟貓頭鷹說：「誒貓頭鷹哥哥，你看看，地鼠真厲害，一夜之間就挖出水井出來，聽說有源源不絕的水源。我們終於不用那麼勞碌來來回回取水啊！」貓頭鷹聽到後有點不忿，希望說出自己才是大家的英雄，但為免有理說不清，只好壓制著自己。那一刻，松鼠弟弟手機突然間收到訊息，來自「日間森林友會」的樹翁。貓頭鷹沉思著：不是有「動物森林友會」嗎？為何牠們要另起一個「日間動物群組」？目的是孤立我？

幾天後，貓頭鷹仍因為此事而耿耿於懷，鬱悶看著書藉。突然感到一點震動，所有動物都因為突如其來的地震而不知所措。同一時間，貓頭鷹看見樹枝上的樹巢正在震抖著。樹巢內的燕子寶寶只懂哭叫來表達求救，而燕子媽媽正外出為寶寶尋找食物，回不來拯救自己子女。當貓頭鷹準備飛過去接過樹巢，突然，有樹因為地震而倒塌，壓傷貓頭鷹，樹枝刺傷了貓頭鷹雙翼。大樹壓著貓頭鷹，令牠動彈不得，而樹巢快要掉下來。在最危急關頭，貓頭鷹服用了隨身攜帶的力量能量果實。一下子推開大樹，向著樹巢衝翅著。在樹巢準備倒下之際，貓頭鷹快速接著樹巢，放到一棵大樹的樹枝底部，那裏有很多粗壯樹枝支撐著，樹巢才能穩著渡過這次地震。

地震過後，貓頭鷹傷痕累累回到家中養傷。

「是誰推倒大樹？！害我們屋頂都破損了！」幾隻羊長輩氣沖沖地問。

「到底是誰推到大樹？！我的農地被壓壞了！」牛叔叔看著剛剛翻好農田被破壞，大發雷霆。

「哪個壞蛋推到樹木啊？我們的遊樂小天地沒了。」一群小猴子看著破壞的鞦韆、樹床，哭哭啼啼地說。

「對不起大家，剛剛我被大樹壓倒，但在危急關頭保護樹巢而推到它。導致大家造成不便，抱歉。」貓頭鷹鞠躬道歉。

「別再找藉口啦！根本就是我們上一次不相信你挖出水井而你懷恨在心，於是在地震一刻到處搗亂。況且你作為夜行動物，怎會無緣無故出來拯救樹巢呢。」

「**算了，**不管你是甚麼理由，你只需要把我們的房子修理好罷了！」群眾罵著牠。

「對不起。」貓頭鷹再次向大家道歉。

事件告一段落，大家散去，剩下貓頭鷹沉溺於一切委屈。

到了晚上， 貓頭鷹忍著身上的傷，連夜為牛叔叔修復農地、為羊長輩修補屋頂。翌日，但等了一整天，大家都已讀不回。自此之後，「動物森林友會」甚少有訊息，貓頭鷹想通了，大家以後只會在「日間森林友會」聯絡，不會再找自己了。而那時候，貓頭鷹看見森林討論區有一個新帖子，標題為：「森林大英雄以拯救世界為名，在森林內大吵大鬧」。帖子內有無數留言。貓頭鷹心知自己再次澄清只會被無視，沒有心情看。貓頭鷹開始疑惑自己家族使命的意義，亦質疑著自己為何是夜行動物。

影畫
大比拼
故事：逍遙

影畫大比拼

圖：Duckjai
文：逍遙

「貓頭鷹老師，我在想，人們總愛用航拍機拍照。如果我在學校一邊滑翔，一邊拍照，我不就是航拍機了嗎？為學校拍這樣的一輯照片，一定很好看。」

「那也不失為一個好的課外活動。反正我倆都能飛，我們一起抽空做這件事吧。」

「真的嗎？那我們何時開始？現在嗎？」

「等我完成這天的班務，晚點就可以開始了。我們在天台見面吧，我的辦公室有照相機，待會一起用。」

五時左右，貓頭鷹老師完成工作，到天台與蜜太郎會合。

「蜜太郎，久等了。怎麼？你有看到甚麼有趣的可以拍攝嗎？」

「老師你看！同學們在打籃球，我們或許可以拍到他們投籃的酷姿勢呢！」

「不錯的觀察，你拍攝的時候注意安全呢！」

「放心吧！」話音未落，蜜太郎便一躍而下，從天台滑翔了出去，目光定定放在籃球場，不出五秒便撞上燈柱，落地有聲。籃球場上的球員們也嚇得愣住了，跑過來查看一下這隻「不明飛行物」。

「蜜太郎，沒事嗎？你為甚麼會撞到燈柱呢？」

「我沒事！照相機……也沒事！幸好幸好！」蜜太郎搓了搓額頭，緩緩站起來。

貓頭鷹老師也急忙飛下來看看蜜太郎的傷勢，本想取消這次的拍攝活動，但看到蜜太郎的瞳仁裡散發著熱情的光，便陪他繼續，也許因為他想起以前那個同樣熱血的貓頭鷹。

「蜜太郎，也許我們可以到一些沒那麼危險的地方拍攝？後山的風景很不錯，我們或許可以捕捉到日落。」

於是他們倆到後山，剛剛好碰到日落的時候，橘色豔麗的落日盡收眼底。他們趕緊找最好的角度，誓要把它最美的一剎留住。

「『夕陽無限好，只是近黃昏』原來是這樣的意思。」蜜太郎竟然把貓頭鷹老師教的詩句唸了出來，老師也大為震驚。

「老師你看！那些白鴿怎麼不停下來看落日？」

「蜜太郎，那些是海鷗。也許他們已經習慣了落日，對他們來說一點也不特別。」

「落日對我來說非常特別，平日打遊戲機不會見到的。」

「蜜太郎，有沒有想過除了拍攝以外，你也許可以寫生？據說你畫畫很迅速，我隨身帶了畫具，試試在日落之前畫好？」

「**好**，大家比試比試。我可不會讓你的。最美的畫作用來貼堂，裝飾一下課室好不好？」

蜜太郎的手臂彷彿被落日注滿了力量，比以往寫罰抄更快速，不出半分鐘已經畫好了色彩豔麗的草稿，雖說是草稿，一點也不粗糙，頗為像真。貓頭鷹老師從來都是慢工出細貨的人，當然比不上蜜太郎。

「蜜太郎果然快狠準，用時不多質素卻不錯。好，用你這張貼堂吧！明天就由你來把它貼好。至於攝影作品，待我沖刷作品，再決定把哪一張分享給同學看。」

翌日小息，蜜太郎自信滿滿地把自己的畫作貼在壁報，小紅女和其他同學也很快就察覺到他，感覺不對勁。

「蜜太郎，你在幹甚麼？」小紅女問道。

「我在把畫作釘好，裝飾一下壁報，好看嗎？我覺得不錯。」

「壁報一向都不是你負責的呢，你這樣會被貓頭鷹老師責罰的！」小紅女很擔心。

「放心吧小紅女。沒事的。欣賞一下畫作可以定一定神的！」小紅女只覺得蜜太郎故作鎮定。

不久，貓頭鷹老師開始了課堂，後排的兔子同學和狐狸同學紛紛舉手裝作想回答老師問題，揚著的手後面正是這張「不應存在」的畫作。

「今天大家很積極呢！老師欣賞你們，要好好保持喔！」貓頭鷹老師看似沒有注意到一樣。

下課後，狐狸走到老師桌面前直接問道：「老師，剛剛你沒見到那幅畫作嗎？蜜太郎擅自貼上的！要不要罰他讓他不敢再這樣？」

「我見到畫作呀。」老師竟然輕描淡寫地回應了。

「怎麼老師沒有責罰的想法？難道是老師要求他這樣做的？」狐狸和兔子於是討論起來。

「不過認真看看，其實畫作挺美的。」

「你看，畫上寫的日期是昨天的！昨天蜜太郎放學後趕著離開，竟然不是為了玩遊戲機！」

捕蠅草之吃的美學

圖：希桃 | 文：逍遙

三俠在回家的路上，看到一棵與別不同的植物，看起來很凶惡。

「喂，你們看看，這棵植物很特別呢，有牙的！」小紅女覺得大開眼界。

「哇，很醜呀它。甚麼來的？不要靠近它好了，它肯定會咬我們。」蜜太郎很怕它。

「這是捕蠅草，可以吃昆蟲的。」夢夢十分冷靜地認出了它。

「那我可以撿它回家養的嗎？」小紅女這個問題嚇怕了蜜太郎。

「不要吧，這麼可怕的植物你也想種植？種花不好嗎？」

「其實它跟其他植物一樣可以養的，澆水就好。它也會自己覓食，不妨試試。」夢夢似乎也對捕蠅草有興趣。

小紅女回家後便帶了鏟子和花盆把捕蠅草帶回家。

「女兒，你從哪裡把它帶回來的呀？這麼噁心，把它丟掉吧。」

「爸爸，媽媽，它叫捕蠅草，同學說可以養的呀。給我一點時間，我相信它也可以很美的。」

「唉，隨便你了。不要弄傷自己就好。」

小紅女對它情有獨鍾，每天回家第一時間便到窗台為它澆水。捕蠅草起初只有四片可以捕蟲的葉，漸漸生長出十片。每當葉子合上，小紅女便知道它有蟲子吃了。本來，小紅女以為那些葉子可以一直一直吃，直至它發現了一片枯死的葉，不禁悲傷起來。枯葉要剪掉的，剪掉了整棵植物也會看起來也會更美觀、綠。可是向來溫柔的小紅女也不忍心。

有時，小紅女也會帶捕蠅草去覓食，畢竟在城市裡昆蟲不多。她把捕蠅草帶回出生地讓它「回鄉」，與兒時的好友聚舊。小紅女等待了一會，終於看到第一隻昆蟲願者上釣——一隻蒼蠅。這也是第一次小紅女真正看到捕蠅草捕食的形態。捕蠅草起初會一動不動，張著鮮紅色的嘴，噴著只有昆蟲聞到的香氣。當蒼蠅抵達它的口腔，捕蠅草會偷偷倒數三四秒，然後上下顎像兩隻手掌一樣緩緩合起來，整個過程就像把珍愛的事物握在手中一樣，相當優雅。

如此有動感的植物，小紅女除了想起含羞草以外，便沒有別的例子了。可是含羞草只是害羞地合起來，捕蠅草能捕食，相對而言更為有趣。她開始好奇捕蠅草的覓食機制，於是找了夢夢和蜜太郎一起用捕蠅草做了些實驗。

「小紅女，謝謝你讓我們有學習的機會。」夢夢十分感恩小紅女願意借出捕蠅草來研究。

「小紅女，我很想知道捕蠅草是不是很貪吃的，我想試試把不同東西餵給它。」

「蜜太郎，你小心一點，不要把捕蠅草餵得飽死！」

三俠凝視著捕蠅草，夢夢把捉來的蟲子放到葉子上面，捕蠅草本來一點反應也沒有。數秒後，葉子突然合了起來！

那些牙齒契合得非常完美，咬噬的過程緩慢而有力，優雅而不血腥，有點像兩隻手握了起來一樣。

「哇，好恐佈。」蜜太郎十分驚訝。

「輪到我了，我想看看捕蠅草會不會吃橡皮擦。」

果不其然，捕蠅草十分貪吃，橡皮進了口腔三四秒後便被吃掉。不過橡皮很重，整棵葉子下垂了。

「哇，它吃得下嗎？我的橡皮會不會整塊變不見的？」

夢夢也不太清楚，畢竟捕蠅草出生時也不會想到自己有天要吃橡皮擦。

蜜太郎又想到了把泡泡糖餵給捕蠅草，看看它能否吹起球來，沒想到它竟然成功了！大家都很驚訝。蜜太郎買泡泡糖但連他自己也不懂得吹起球來。而最後，蜜太郎不知哪來的膽子，把手指遞給捕蠅草，於是被咬住了！

「哇，它咬我，救我，救我呀！」

「別裝了蜜太郎，我知道你不痛的。」小紅女調侃道。蜜太郎也把手指抽了出來。

「沒想到一棵植物『口才』這麼好。」蜜太郎又在說爛笑話。

「蜜太郎，我沒想到你真的很貪玩。怎麼會把這些東西餵給捕蠅草？我怕它會吃不消呢。你把蟲子餵給它吧。」蜜太郎於是照著做。

他們漸漸把每一顆葉都餵飽了。小紅女也帶了捕蠅草回家，每天更勤力地觀察捕蠅草，也向父母提出想購買書藉來研究植物。捕蠅草彷彿也感受到小紅女的心意，那根莖愈長愈快，跨過了窗框向著陽光奔赴。

兩星期後，莖的末端長出了花苞，一朵簡樸無華的白花現身了。小紅女驚豔於它的美，於是把白花拍照給同學們看。

「原來捕蠅草也有花的？為甚麼不叫捕蠅花？」有些同學有這樣的疑問。

「捕蠅草確實很特別，既有動物才有的牙齒可以捕食，又有植物獨有的花，真的很難得可以一睹它的成長，我想沒有別的植物能取替它。」夢夢這樣評價。

「它雖然開了花，但我還是覺得它很可怕，甚麼都吃。我的手指也吃。」蜜太郎評價著。

「不要緊，捕蠅草就算有牙，會咬噬，我依然覺得它很美，為著生存而努力。只要是我的盆栽，我就喜歡。」

「其實我不介意吃泡泡糖，吃橡皮擦也不要緊，但手指真的很難吃。」大家忽然聽到一把微弱的聲音這樣說。

三俠後記

- Wong Jon 黃獎
- Winnie
- Duckjai
- Priscilla
- Cathy
- Wallace 逍遙
- Waldron 恆蟬
- Anna
- 希桃

NIGHT HERO
THE NIGHT 3ARRIORS
2
三俠後記

我跟年青人學創作

早前獲邀出席一個文創活動，主持人問我，如何培養年青人的創意思維。我忍不住說：「這個說法，未免太倚老賣老了，這一代的年青人創意澎湃，我還要靠他們刺激我的思維。」

是的，創作經驗這個詞，本身是一個矛盾。我們可能一直都高估了「經驗」的價值。經驗令我們避開「伏」，但不能引領我們去探索新的領域；而創新，本質上就有三分冒險精神，三分好奇心，兩分不滿現狀，一分自信和不知天高地厚，剩下來的一分，才是才華、技術、經驗那堆東西。

當這本《夜行三俠》出版到第二集，這個創作團隊已經努力了兩年多，名義上，我是一個顧問，大家總以為我「教」同學們創作。沒有人估得到，我是在見證這些角色的誕生，見證人物設定的立體化，見證一個世界觀的逐漸成形；更沒有人估得到，在這個創作過程之中，學到最多東西的，其實是我。

大家來看三俠開始時的設定，蜜太郎調皮，夢夢聰明，小紅女可靠。這樣的起步點，簡單到不合格，如果我們純粹用這些元素去創作，不可能有今日的成果。事實上，我們每星期都會坐下來，談一談三俠的性格、喜好、價值觀，遇到事情會有什麼反應和看法。三俠，是大家育成出來的。

今天，三俠的「合成元素」，是累積而來的，像人生一樣，充滿「不確定性」。現在，創作團隊都知道三俠是什麼人，但又無法用一句簡單句子來總結他們的性格，這便是接近人生的創作。

往時寫小說，「作者是上帝」，掌控角色的命運，自己很爽，殊不知讀者很容易掌握套路。經歷了這一段長時間的創作過程，我學懂了另一種想法，「作者是父母」，生仔不一定知道仔心肝，所以，角色是有獨立思維的。在大是大非的環節，作者可以掌控角色的抉擇；日常小事，就不是完全可以預測了。這樣把人物與劇情建構出來，是AI學不懂的人生，而我，在創作思維上，有想像不到的改變和成長。

所以，我說：「今次，我在 一班年青人身上學創作。」

黃獎

一齊 Have Fun!

三年前疫情期間，生命勵進基金會主席郭銘祥先生構思想把生命教育農莊三隻有特色的夜行動物作為「吉祥物」及主角，招聚一班愛好畫漫畫的學生一同參與創作一部傳達正向思想的漫畫，在中小學刊物《萌動》雜誌中連載，《夜行三俠》就此誕生。當時以為只是和大家築緊一個香港人的漫畫夢，沒想到我們真的可以出版一本正式漫畫並能參與書展，夢真的可以實現。

見證成長

從拾半工作室成立最初，大家開會時都沒有或不敢發表意見，對角色的理解較平面及局限，到現在大家可以開放地討論故事發展或畫作要修改的地方，三位主角及其他輔助角色形象及個性都更為鮮明立體，能看見大家在三年以來培養的默契及團隊精神，以及在創作過程中的不斷成長。

而作為顧問的我，既不懂繪畫又不擅寫作，一直想怎樣可以參與其中呢？但在這期間，我漸漸發現，每當我提出的意見能得到大家接受，並能幫助把故事或圖畫能更好地展現出來，這份滿足感令我更能感受到我就是創作團隊的一員。

看同學們就算明日要考試或有繁重的功課要趕死線，都不會落下繪畫或作故事的進度，連大家去旅行、生病，甚至我和黃獎先生去外地工幹，都會記得每星期日晚上十點半的約會，可以感受到大家對「夜行三俠」 投入的熱誠和愛護。

如果說第一冊是看到嬰兒的出世，能看到是主角表面性格，那麼第二冊就是好像看到幼兒開始成長，能更主動向外探索世界。第二冊有更多內心戲，感受的探討，每個角色的性格發展，背後總會有原因，我們就好像陪伴主角成長的心理分析師，這是一個很有趣的創作過程。

期待之後第三、第四冊……的誕生，亦期待有更多新朋友加入我們「拾半工作室」的創作團隊。

Winnie

目標

隨著《夜行三俠》來到第二集，開始至今我們都朝著目標，行到這裡，運氣很好能夠出書，從前夢想都叫做實現到，當中我們從印刷產品、小型畫展、予書展出書簽書會，一步一步，走著走著也越來越遠。都想在此感謝幫助我們出書的人、繪友們、朋友、現職或舊同事都一直支持自己，另外拾半工作室中大家都有正職、返學或是實習，雖然累亦可能未必夠水準，盡管我們都是素人級數，但十個素人級數加起上來便是很利害的團隊。

從小夢想做漫畫家的我，《夜行三俠》當然是一個很好的經驗，黃獎與 WINNIE 都給予我很大自由度，與職業水準肯定是不合格，哈哈 XDDD 但來到這裡，畫功、要求速度都進步了，《夜行三俠》確實令我畫功成長不少，亦隨著年紀愈來愈大，病痛亦多，身體要緊，大家都要保重!!!(人無事先可以做到世界冠軍)。期待第三集，大家都要繼續支持我們呢!!!。

德仔

堅持

「勿淡濛霧水穿石，莫輕微塵沙成塔。」是一句我很喜歡的話。

我記得那句話印在科學館精品店裏的一張書籤上。我看了好久又想了好久，在臨要上旅遊巴回校那一刻，我把它買了下來。

這句話支持我一路以來籌備《夜行三俠》。從最初的策劃、物色畫師和作家、塑造故事的角色背景，到現在成書出版。經過三年時間的洗禮，我們總算把塔的第二層好好建成。

「堅持」實在是很難的。

光是正職的繁忙和日常的瑣事就已用盡了我的心力。找個理由離開一定更容易。

但我甘心嗎？

後記

說到底，是因為喜歡才會掙扎，也是因為喜歡才會堅持了下來。

經過這三年，我發現我其實挺喜歡透過故事表達想法的，那比較不赤裸！

除了個人的「借題發揮」與「抒情達意」，我更希望故事能夠啟發讀者思考，引發討論。

希望我的故事在這一點上是成功的。

很感激，這一路上仍然留守，繼續一起努力與進步的工作室夥伴們。你們總是給予我勇氣繼續創作。

我亦很感激，從《萌動雙月刊》已開始支持《夜行三俠》的讀者。謝謝你們見證著我們的成長。

願我們能共同見證塔尖亮燈的一刻。

Priscilla

感謝

非常感謝各位無限包容同給予的機會，一直以來工作室自由、無拘無束的創作和討論氣氛都是為我所喜愛的。

雖然每位成員各有現實中的忙碌，但仍會抽時間準時十點半聚在一起「養育」三俠。在不同創作者身上實在獲益良多，刪刪減減最終感言好像只有「感謝」二字最能表達小弟兩年來在工作室所感所受。

祝大家靈感湧泉、事事順利！

後記

漫畫裡的多重宇宙

我素來有很多古靈精怪的想法，幸好世上有詩和漫畫讓這些想法有用武之地。

寫作漫畫是回憶中小學生涯的契機，很多漫畫稿都是當時的生活碎片所砌成。例如：《貓頭鷹的叛逆》中為學校設施塗鴉的靈感源自母校美術學會的傑作。《捕蠅草之吃的美學》裡小紅女種植的心路歷程也是小時候的我所想的。漫畫讓我重新天真爛漫一次，但願讀者們亦然。

寫漫畫也是種另類的訓練，訓練如何營造畫面和劇情，這種經驗十分珍貴，不懂畫畫的我竟有幸在漫畫組的黃獎先生的帶領下與其他寫手和畫師練就寫漫畫稿的功力。初稿難免有破綻，自己作為寫手未必能即時發現，幸好我們有討論，你來我往，令每一份稿都得以改善。

漫畫也讓我們掌管了角色的命運，既然可以選擇，我會讓角色發揮自我，引人注目。而寫手的身份就像出題人，畫師擔當了更難的任務，就是解題。我十分慶幸能任意出題，像龍珠漫畫裡向神龍許願，畫師們便會實現我的意念。

後記

假如有天我學會畫畫，必定會嘗試解自己的題，嘗嘗畫師的辛酸。

沒想到《夜行三俠》漫畫第二集這麼快就進入最後階段，我想是集思廣益才有的效果。這一年雖然很忙碌，但慶幸星期日的夜晚都有空聚聚，一起創作，就像石屎森林裡圈出一塊空地作遊樂場。第二集未出版，我已經開始期待第三集的完成。希望讀者繼續跟著我們幾位說書人，見證角色們的碰撞與演化。

逍遙

麻煩千字文

若要形容我從小到大的人生，我會以一個老套的比喻——電影，但我不是舞台中那朵花，更不是那綠葉，而是寂寂無名的幕後人員，整個電影都是由幕後人員從背後一手一腳建立，但舞台只讓演員站上，幕後人員？是誰？有人想起嗎？還是不想想起？更還是不想知道是誰？身邊的人都當我一個工具，又或負責背黑鍋。他們不會感謝，只會一直怪責。儼如《忍辱負重的英雄》的貓頭鷹一樣，表面上整件事是一場誤會，大家好像不知道自己為大家犧牲了多少，反而怪責自己令大家造成多少麻煩，還是大家根本不想理會自己犧牲甚麼。也許這就是當犧牲品的宿命吧。

曾有一段時間，我好像進入一個結界，無人問津，情緒都落在留言訊息、手機忘了通知，心聲都變成喃喃自語。呆呆地坐沙發上，看似只是過了數秒，但好像度日如年。而身體好像掏空了，但靈魂填滿了抑鬱、寂寞，因而寫成《寂寞就如自己一個坐梳化》。感謝畫家 Anna 妙手之作，為我畫了這幅漫畫，輕輕數筆便帶出蜜太郎的孤寂，對朋友的渴求。

後記

有時候故事靈感都是反映自己那一刻的狀態或想法，有時候認為寫一個故事大綱好像跟死物說了一件心事，再由畫家把它活生生畫出來。做到現在，感謝大家一直包容，辛苦畫家們為我們畫了一幅幅漫畫，希望大家喜歡。也許我的文字總有一天涼了，那只能趁熱讓大家感受那餘香。

恒蟬

成長

自我有記憶以來，畫畫就是我生命的一部分。在懵懂無知的年紀、連字也寫得東歪西倒，我就已經畫滿了一本本 sketch book，記得小學時期受到風靡一時的 Comic Fans 影響，曾經對於畫漫畫、寫故事充滿憧憬。有段時間，我更和三五知己曾經「出版」過自己的月刊。(當然啦，只是在本子上塗鴉 :P)

只是隨年紀漸長，我好像慢慢失去了畫畫的能力。被分數與評分準則捆綁的畫畫變成非常複雜的一件事。有時候手執畫筆，死死盯著畫紙半天，卻愣是無法下筆。怕人物比例畫不好、顏色光暗失真、離題…直到我升讀大學，自覺毫無藝術天賦，負氣地覺得畫得再多也是自取其辱，就徹底放下了畫筆。

一轉眼，距離上一次好好執筆畫畫已經過去數載。因此，兩年前有幸被問到我要不要嘗試畫漫畫時，我曾經猶豫不決，生怕自己技不如人會拖累伙伴們。幸好，拾半工作室的隊友都非常supportive，更有大大佬黃獎提供意見，

後記

帶領我們一起進步。謝謝讀者和各位隊友們包容、欣賞我筆下不盡完美的三俠。看著大家一同構思的三俠，漸漸變成活靈活現、有笑有淚的角色，讓我事隔多年再次感受到畫畫帶來的簡單快樂 :)

期待未來大家能繼續和三俠一起冒險與成長！

Anna

偶合

輾轉決定在香港就學、芸芸獎學金又被萬裏挑得、湊巧遇到良師和志同道合的創作人。故此，這次能夠參與《夜行三俠》的創作，回想起來是偶然又是命定。

創作同樣是個偶然。夜行三俠是團隊合作的作品，大夥兒的意見總會沖刷新的火花，火花四濺後的餘韻，很多時就讀者能能看見的點子混合物。從個人延展到共同創作，偶然便來了。

所以，我們的確無法預先串連現在的點點滴滴，只有未來回顧才看到自己點滴走出的脈絡。最後，期盼將來創作路途也能和大家並肩而行，發掘人生偶然帶來的幸福。

希桃

後記

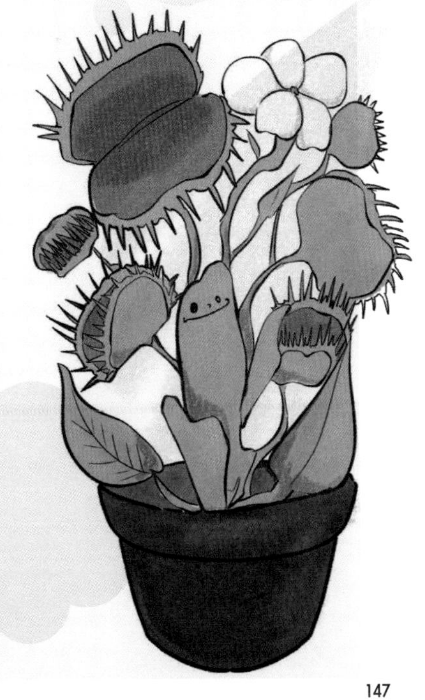

製作團隊　　拾・半工作室

顧問
Anthony　（黃獎）
Winnie　（郭穎怡）

編輯
Anthony　（黃獎）

項目統籌
Priscilla（周芷�）

故事 / 編劇
Priscilla（周芷筠）
恆 蟬　（李華雋）
逍 遙　（唐華量）

繪圖
Anna　（葉凌雪）— 分頁封面設計
Cathy.T（徐愷蔚）
Duckja　（陳伊德）— 封面設計
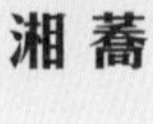
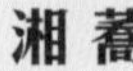
希 桃　— 封底設計
湘 蕎

書　　名：《夜行三俠》

出　　版：悅文堂
地　　址：香港柴灣康民街 2 號康民工業中心 1408 室
電　　話：(852) 3105-0332
電　　郵：joyfulwordspub@gmail.com

發　　行：香港聯合書刊物流有限公司
地　　址：香港新界大埔汀麗路 36 號
中華商務印刷大廈 3 字樓
電　　話：(852) 2150-2100
網　　址：http://www.suplogistics.com.hk

印　　刷：大一數碼印刷有限公司
電　　郵：sales@elite.com.hk

圖書分類：繪本 / 流行讀物
初版日期：2024 年 7 月
I S B N：978-988-70184-5-2
定　　價：港幣 100 元 / 新台幣 450 元

如有缺頁或破損請致電 (852) 3105-0332

贊助：生命勵進基金會

THE NIGHT WARRIORS